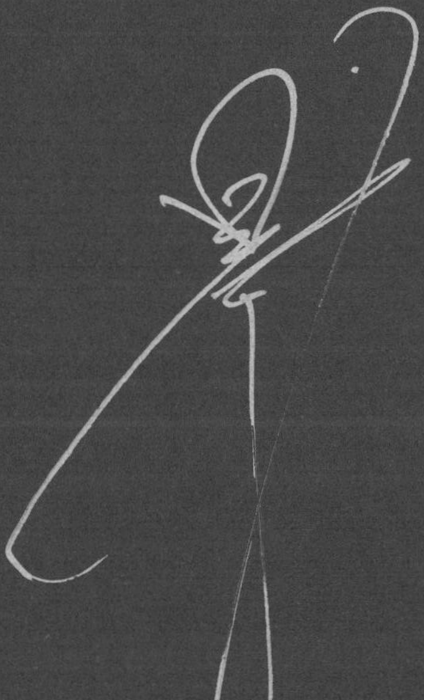

1

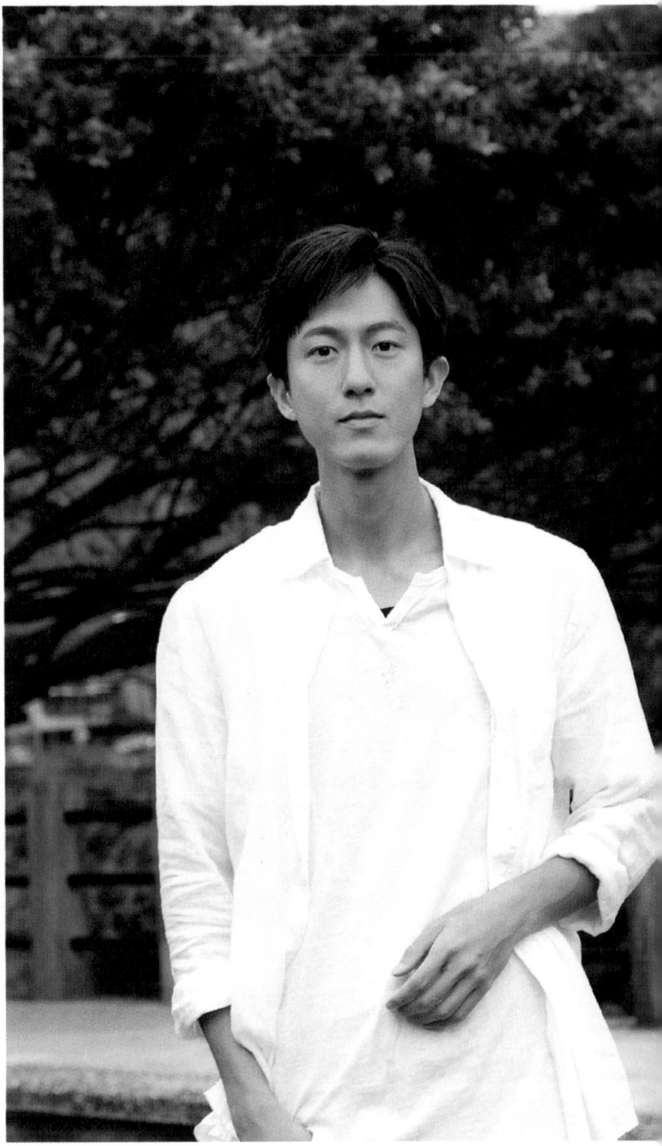

1 拍攝年曆時，面對著鏡頭的自己。

3 2

4

2 演員們讀本的時刻。

3 拍攝音樂錄影帶前，與導演反覆推敲詞意與呈現的畫面。

4 拍攝戲劇前，在現場仍不停地自我演練。

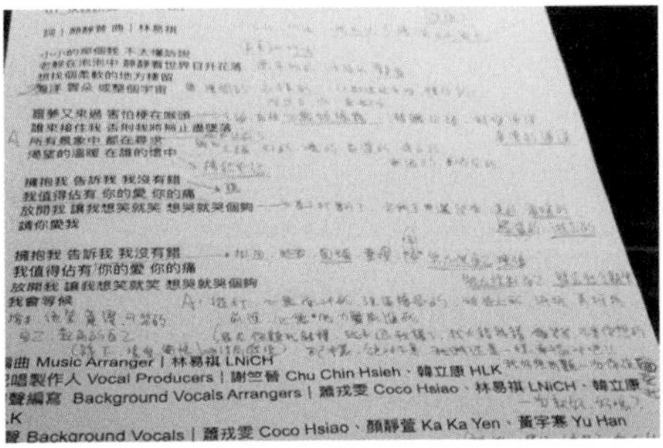
詞｜顏靜萱 曲｜林易祺
小小的那個我 不太懂訴說
老躲在泡泡中 靜靜看世界日升花落
想找個柔軟的地方棲留
海洋 雲朵 或整個宇宙
所有景象中 都在尋求
渴望的溫暖 在誰的懷中
擁抱我 告訴我 我沒有錯
我值得佔有 你的愛 你的痛
放開我 讓我想笑就笑 想哭就哭個夠
請你愛我
擁抱我 告訴我 我沒有錯
我值得佔有 你的愛 你的痛
放開我 讓我想笑就笑 想哭就哭個夠
我會等候
編曲 Music Arranger｜林易祺 LNiCH
配唱製作人 Vocal Producers｜謝竺晉 Chu Chin Hsieh、韓立康 HLK
和聲編寫 Background Vocals Arrangers｜蕭戎雯 Coco Hsiao、林易祺 LNiCH、韓立康 HLK
和聲 Background Vocals｜蕭戎雯 Coco Hsiao、顏靜萱 Ka Ka Yen、黃宇寒 Yu Han

8 7 6

9 5

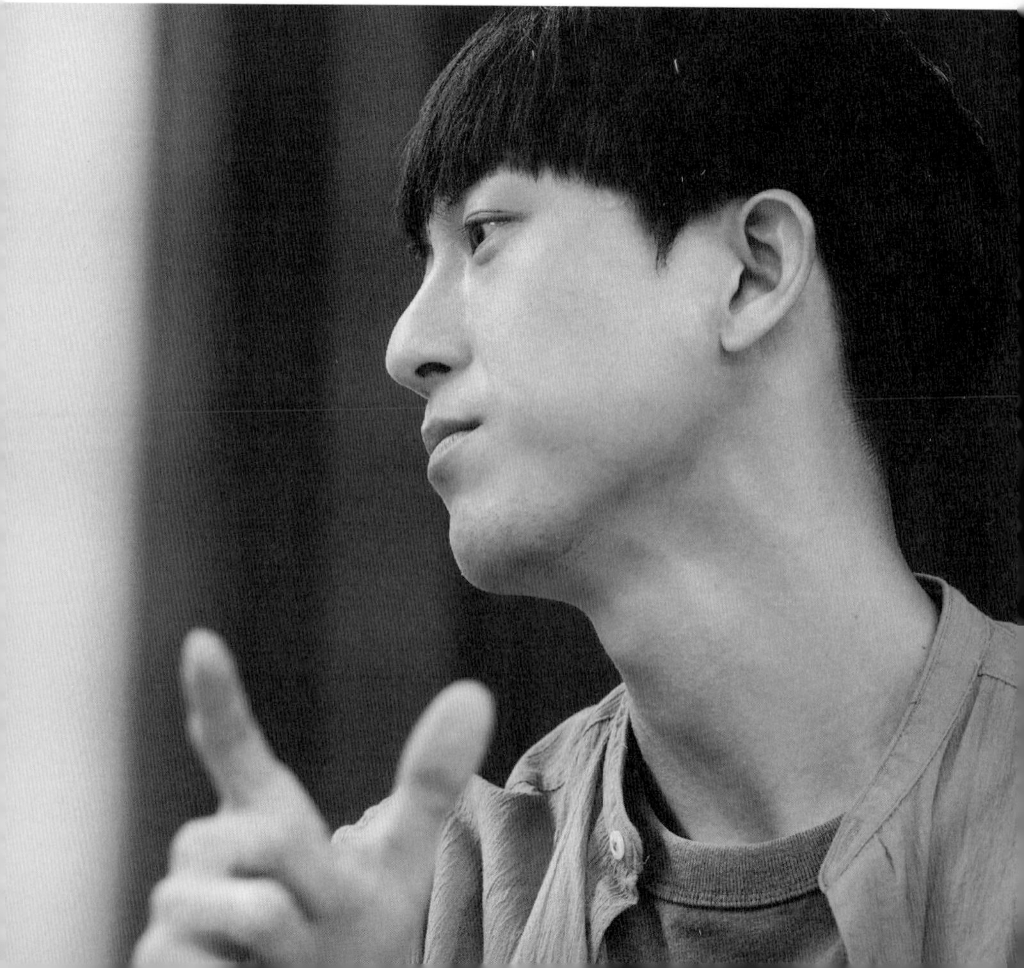

5.6.7.8.9　表演課上的講解與練習。

11　10

10 由導演捕捉的日常側影。
11 表演課，情緒的收與放。

12

12 拍戲空檔，與導演及團隊體驗衝浪。

沒有別人，
怎麼　做自己？

在改變之前，我們都是表演者

THE ART
OF BEING YOURSELF

邱昊奇

推薦文

人生就像是一場戲，你什麼時候是扮演「你自己」？

水手刀／「閱部客」創辦人

認識昊奇是在我們辦的思辯節目《抬槓大神》前身的現場，那時我們一起做了節目的搭檔主持，當時我對他的了解僅停留在，他是一名——演員。

不過，就在主持與對談過程中，他不像是一名演員，更像是一名提問的思考者。邱昊奇的思考總是與眾不同，如同他的名字一樣，就是那麼地令人「為之好奇」。

愈對話愈能發現，他思考的深度源自於他熱愛看哲學與心理學類的書籍，身為說書人的我，竟可以在那種場合找到知音，當下那種興奮感到現在都還印象深刻。

果不其然，翻開這本書，我開始與我自己對話，而這些對話的過程，正一步步解開了我人生中的一些迷茫與困頓。

你正視自己內心的聲音了嗎？看著「我害怕上台、卻又渴望舞台怎麼辦？」、「我同時愛上兩個人，怎麼辦？」、「我這樣選，是最正確的嗎？」、「為什麼我在愛情中，總是缺乏安全感？」等疑問，心中種種想法冒了出來……

為什麼人生中有這麼多問題與想法？有些事你會百般猶豫，有些事你猶豫到最後卻又讓自己選擇忽視。我們很多時候都沒來得及思考就碰上，像是對我而言，我天生也害怕舞台，但總是想不透自己為什麼卻又渴望上台？

因為上台這件事並不在於表演欲，而是「改變」。

所以，渴望改變的我總有辦法邁開腳步，讓我自己站上舞台。一旦我們識別出這些「渴望又抗拒的念頭」，在改變的另一端正是我們「人生的意義」。

在我前陣子的低谷中，也受到昊奇的對話幫助，那時讓我意識到緊緊抓在手中的沙，只會愈抓流失愈快，所以，我開始不羨慕別人從旅途中一定要有收穫，因為「有些旅程，它的目標是失去」。

如果你也對你的人生有些許疑惑，想要追尋自己，與自己展開對話，就從翻開這本書開始。

推薦文——

如果自己是虛幻，演戲便是必然

洪仲清／臨床心理師

做自己，常被用來合理化一個人的任性。

每個年紀的「自己」，每個不同時空脈絡下的「自己」，都持續變動著。或者說，我們永遠都是自己，但下一秒，又開始進入了新的自己。

在這本書裡，作者用「演員」定義自己的「角色」。用演員這個角色去扮演不同的角色，然後跟「自己」對話，於是豐盛如綻開的繁花。

其實，我們都在演戲啊！

我最常互動的角色是「媽媽」，每位努力扮演「媽媽」角色的人，也一直努力在揣摩。對手不同，身處環境不同，這位「媽媽」的走位與對白就有不同的變化。

作者寫道：「實際行動對思考方式的影響力遠比我們所想像的強大許多，跨出一步去做目標角色會做的事，我們馬上就會有不一樣的感受。」實際扮演角色之後，我們就愈來愈理解這個角色的心境。然而，在現實生活中，「角色」也是「自己」的一部分，像是有人扮演了「媽媽」之後，就開始忘了怎麼扮演「自己」，這種荒謬趣味常見到不行。

也就是，扮演角色的同時，我們也正在扮演自己。只是，我們能不能像演員一樣，清清楚楚地看著正在扮演角色的自己，時而入戲，時而抽離？甚至反覆自問，拿掉角色之後，我們還剩下什麼？

作者一直記錄著入戲與抽離之間的自我對話，在感性與理性之間找平衡。我驚訝於作者思考的深刻，也享受作者對於認識自己的探索歷程。我們的視角隨著這本書轉換，從外往內看，從內往外看，反覆循環。於是擴大了「自己」的疆界，觀照愈廣泛，世界愈遼闊。

沒有別人，怎麼做自己？誰說一定要先愛自己？
藉著這本書，我們終將明白：外面沒有別人，只有自己！

推薦文——

窺看演員的內心

郭源元／演員

「沒有別人，怎麼做自己呢？」原以為會是邏輯與學術上的硬思辨，結果滿載著感性跟浪漫。

我為試讀本畫滿了粉紅色的螢光筆痕跡，那些文句點點絲絲拉動我心中各處柔軟又堅實的部分。

有些感受是某種自己難以言喻的感覺跟觀念被具象化明述出口的暢快感，有些感受是「這個想法太有趣了！」，如醍醐灌頂般的新思維注入。無論這股內心拉動的原因是什麼，閱讀過程時不時會有澎湃又溫暖的爽脆感。

為什麼做演員這麼吸引人？除了因為很拉風，大部分原因是昊奇書裡一頁頁寫的，那痛快又充滿挑戰「給自己抽絲剝繭」的過程啊！完全沒想過自己能認識邱昊奇，演藝工作的美好之一就在這，每個工作遇一批新面孔，帶著期待跟些許習慣，放任緣分撞啊撞地被安排在一起，結果發現了——能認識昊奇真好。

《沒有別人，怎麼做自己？》這本書真心推薦給各位！

推薦文——

彼此合作，各自探索的旅程

莊鵑瑛（小球）／歌手、自由創作者

見面不過五次，卻覺得他涵蓋所有知識。

世界上總有許多奇妙的人身懷絕技誕生，透過時間和經驗，他不停運用詞彙，為人生抽絲剝繭來靠近真理和本質。他是演員，是追尋者，更是文字的魔法師。

拍〈何必記念〉的時候認識了邱昊奇，為了在音樂錄影帶最後收一個比較美又低調澎湃的結尾，他和導演Birdy不停討論劇本的邏輯性，怎麼做才真正精準表達一種歉意。第二次合作是拍「My Heroes」演唱會的預告，影片最後他們打算讓主角哼首歌，原本要選另一首，在我們說明演唱會主軸和想法之下，他們讓主角哼起了〈2375〉。這支預告短片讓我印象深刻，演唱會結束後我放在自己頻道，偶爾回味。

把工作上的分內事情做好，拿出專業度是每個職業角色裡的必備要件。我的生活圈不大，能透過合作去認識人更像一種探索，明白各懷不同執著，經過行動，讓人不得不強烈對這個人產生佩服。

不論那是不是人格面具或包袱，但他就是擺明著有辦法持續產出大量精闢文字，引經據典，讓每則貼文有著獨有脈絡；不計一切透過文字與人互動、溝通、表達自己的想法和消化過的觀念，彷彿他的腦袋是台不停進化的電腦，精準、果斷、明確挑出人生此刻該怎麼進行；閒聊時又覺得他是塊超強記憶海綿，把別人和自己的人生做個交叉比對，加以歸類，融合出一則好看的故事。

在他面前，很難不對自己的不足產生自我懷疑。啊，我陷入社會比較理論的陷阱了嗎？

看完此書你會發現，他是你與妳，你與妳也是他，只是用著不同的人生體驗、不同的方式展現，如此而已。

推薦文

成為自己，也成就別人

曾少宗／演員

想像著腦袋裡有一台處理器，可以把身體感官接收到的細微感受，噠噠噠附有節奏律動地經由神經傳導，透過血液心臟再回流到頭腦的中心點，靈光乍現轉化成行為。一次、兩次、三次循環，以為是一連串動作卻突然又被拆解開了，昊奇的腦袋，好奇又好奇。

「要不要去附近便利商店買東西？」、「最近新出了一片新的遊戲，這世界觀也太迷人了。」、「你要不要看這本書，我想你會喜歡。」這些好像生活瑣事的話題，卻成為我們的連結，也是我們逃離周圍人群不適切的一個藉口。寂寞與孤獨，似乎能感受到在他的心口有顆種子被種下，它在發芽，窺視、探索、歡愉偶爾帶點憤慨。

在一次參加黃健瑋老師開的Systema（俄羅斯武術）表演系統課程的經驗裡，自由地倆倆一組，我們成為當下的夥伴。昊奇平躺在排練教室的地板上，而我要用手掌壓迫他的胸口，在呼吸的吸與吐之間感受外界的力量。能量是雙向的，對方給了什麼，自己也能清楚地接收到。向下壓迫的同時，我感受到來自昊奇胸口肋骨中心情感源源不絕湧出，他的雙頰因為抵抗我的力量而泛紅，眼睛直直地看向天花板微微顫抖。

「他經歷過什麼事？」這是第一直覺感受。在昊奇的心口確實接受到了，很沉、很重。爾後，表演課結束，大夥同學吃完了晚餐，在吉林路馬路旁各自道別。

「剛剛的練習裡我感受到巨大的悲傷，別放在心裡，對身體不健康。」我悄悄地跟他說。

「嗯，你感受到了啊！」昊奇輕輕地、笑笑地回答，周圍是剛剛一起上課同學們此起彼落的討論聲。

表、演，只能成為當下。

昊奇心口裡的那顆種子被陽光照耀，綠綠的新芽透出光澤，正在大口大口呼吸，雨水落下，恣意地生長，沒有別人，怎麼做自己，如擺渡人，成為自己也成就別人。

推薦文——

一個令人好奇的人

黃豪平／新世代主持人

跟昊奇認識數年，我們曾在酒吧暢談人生、也在日本旅途上大聊貓奴經，然而，我到現在還不是很確定，他到底是什麼樣的一種生物？該用什麼樣的角度觀察並欣賞之？所幸，他決定出版一本這樣的書，彷彿「邱昊奇使用手冊」，帶領我們進入他的大腦一探究竟。不過，請大家在探索邱昊奇的路上小心前行，此書彷彿一部老電影《入侵腦細胞》，也許你能一窺他的思考邏輯，但卻未必能安然脫身。

當然，這並不是指此書艱澀難懂，而是昊奇善於用他那所見如所想的筆觸，將腦海裡面的思維直接傳達於紙上，因此，你看到的可能不是為了媚俗、迎合大眾而修飾過的文字，你必須投入，想像自己就是他，才能感覺他、理解他。

說來好笑，我將「理解邱昊奇」視為人生的挑戰之一，在跟他相處期間，他常常帶領我這個絕對的理性派走入他感性的生活——你能想像有人演唱會聽到一半覺得「啊，我聽夠了，我們出去走走吧」，然後就把同行夥伴拖到旁邊社交舞的聚會所，拉著我跟陌生人一起跳了兩小時的舞嗎？率性地活出自我，也致力於讓身旁的人愛上自己的視野與眼界，這是昊奇個性最令人難懂卻也最迷人之處。

不過，邱昊奇是種信念，甚至可以說是信仰，你在冒險進入他思維的過程裡，可能會開始顛覆自己原先對現實的理解，進而否定既有的處事態度，最後產生人生觀認知失調的衝突——若產生以上症狀，請暫時放下書籍，看看遠方，避免遭到他經過大量閱讀後產生的意識能量衝擊。不理解是一回事，嚴重者的症狀，可能會讓你開始質疑自己是笨蛋。

推薦文——

你演得真好，你是誰？

楊小黎／演員

已經忘記是怎麼認識昊奇的，似乎很自然而然地成為了同路人，但是又很瀟灑地分道揚鑣。不常聯繫的存在，但都知道彼此的陪伴，這就是演員跟演員之間，最美好的距離。

兩個纖細又敏銳的個體，常藉由文字的交流和溫度，喚醒彼此的某種默契，某種「對，你懂」的雀躍。

小時候就開始接觸演藝工作的我，對於「人性」議題總是充滿疑問與探索，對人跟人的相處也特別敏感。對我來說，昊奇是個哲學家，也是個魔術師，更是個表演藝術狂熱分子，他感性又理性，黑暗又光明，所以在跳脫演員身分的旁觀時刻，他很清醒，但在角色裡，他又投入得像是個上癮的瘋子。

很迷人啊。

正能量不是一股腦的陽光灑落，而是負負得正的美感。很開心他多年的呢喃，轉換成文字，變成力量，也開心演了那麼多「別人」的昊奇，依然還是「邱昊奇」。

祝身心靈健康！

推薦文——

真正的誠實都是複雜的

楊婕／作家

將演員當成「演員」來閱讀，是否意味著對作品本身的不禮貌呢？閱讀邱昊奇的過程中，這個念頭一度很困擾我。後來我想通了，這跟對職業的印象無關，純粹是技能樹的問題：有人就是比別人能點好點滿。這個時代有邱昊奇，又何須震驚。

他的文章在社群網路上，頗能獲得眼球世代的共鳴。可你若以為這是一本心靈雞湯或速食語錄，那又錯了——邱昊奇的寫作逼你要慢。他捨棄最好用的抒情，他甚至不講故事。邱昊奇選擇直球對決，嚴肅地觸探那些走鋼索的瞬間。

愛與恨，自尊自鄙，認同與質疑，目的或手段——這是日常最危險也最安全的哲學課，人生必修的零學分。每當讀到精彩之處，以為邱昊奇將在此停留片刻，他又旋即轉身，跳進另一個思想的難題裡，無限換位地自省——真正的誠實都是複雜的。

說句實話，大部分作家在動筆前就已被寫作的念頭扼殺。邱昊奇的寫作，最珍貴之處或許是，他似乎沒去想「怎麼寫」，只如實寫出「怎麼想」，因此能非常輕也非常重，剜在心尖上一剔就破。經典在他筆下，更變得無比當代：知識不是炫耀的工具。

才氣與耐心，靈敏和紀律，世人往往只得其一。我敢說邱昊奇的寫作將一如他的演員生涯，前路還能很長。

推薦文——

演員哲學家邱昊奇

厭世哲學家

我們常說「人生就像是一場戲」，確實，我們從小到大不斷地在學習「社會化」，而「社會化」的過程其實就跟「成為一位好演員」的過程十分相似。

沒有人教我們怎麼當一個好學生，但只要學齡一到，我們就會被拋入學校，然後從師生互動、同儕互動中慢慢地練習如何扮演好「學生」的角色。同樣的道理，到了適婚年齡我們就會趕著結婚，然後去學習如何扮演好「妻子」或「丈夫」的角色；生下小孩後，又開始學習如何扮演好「父母」的角色……我們的一生脫離不了他人，為了與他人的互動恰如其分，就必須扮演好自己的「角色」。

然而，人生的困惑恰恰就發生在這裡：如果我在人生的每個階段都要扮演不同的「角色」，才能與他人有恰當互動的話，那「我」在哪裡？我難道就不能做自己嗎？我非得要按照社會的期待，扮演一個沒有靈魂的牽線木偶不可嗎？

這類關於「他人與自我」的問題，屬於倫理學的領域，是哲學上的「大哉問」。你或許沒想到，今天竟然有個演員能夠用自己的人生經歷來回答這類問題，而且回答得這樣好。讀完這本書後，我認為邱昊奇並不是把演員視為職業，而是把演員視為自己的生活方式，並透過不斷地反思與實踐，總結出了一套演員的生活哲學。邱昊奇就是個演員哲學家。

為什麼要讀一位演員的生活哲學呢？邱昊奇的這本書讓我明白，演員的一生都在推敲「自己」與「角色」之間的關係，一生都在嘗試如何在有所限制的舞台上發揮自身潛能與創意的方法，一生都在探索靈與肉的邊界……我想，正是因為「人生如戲」，所以當我們不知道怎樣才是真正的做自己，不知道如何發揮潛能與創意，甚至是陷入靈肉撕裂的困境時，不如就直接參考這位「職業演員」的自白吧！

作為舞台上、螢幕中的演員，在一次又一次的表演過程裡，穿越愛恨、真假、生死、悲喜，邱昊奇正是這樣高密度地經歷著無數次的人生，故與其說「表演」是他的專業，倒不如說「經歷人生」是他的專業。在戲裡戲外之間，在虛構真實之間，在他人自我之間，邱昊奇用自己獨特的哲學貫通了矛盾衝突的兩端。

我與邱昊奇同年，皆在今年邁入三十二歲，對於他能在三十二歲體悟到這些人生的智慧，並以如此流暢清晰的文筆進行闡述，我深感佩服與羨慕。若有人需要一本人生哲學的參考書，我會鄭重推薦這本《沒有別人，怎麼做自己？》。

推薦文——

奇昊邱？你在想什麼？

瞿友寧／導演

這位先生出道多久，我應該就認識他多久。認識久不代表了解深，說真的，我常常不懂他，就好像你看看他寫的這本書，居然不用裸露的胸肌當成出書的賣點，卻不停地思考著存在的意義，而思考到最後，我認為……存在似乎也不需有意義。

是的，存在何須意義？

這是我要給昊奇在出書前的一句話。

以前我們叫他「好奇寶寶」，他對任何事都希望知道它的意義：為什麼這個角色如此？台詞為何是這樣？動機是什麼？我很想知道這個角色的祖宗八代是誰？哈！最後一句是我加的，他想知道的，大該就跟查一個角色祖宗八代一樣豐富細微又深入。就因為如此多想，他的身上永遠透露一股懷疑、多想、好奇、書讀很多的憂鬱感。誠如他書裡所說的，這樣的氣質產生一種距離，讓人無法對他痴傻地迷戀，因為他會伸出手，丈量你我的距離，告訴你這叫「存在的意義」——我站在你面前，有了一種觀看的距離，於是乎，這樣存在的位置開始有了意義。

也因為這樣，有時他像個悲劇英雄，享受著沒人理解的獨角戲，可他同時明白，沒有對象，自己就不需要定義自己。就像他說：「如同偽幣的概念只有在真鈔存在時才有意義，成功所帶來的成就感，也只有在失敗的可能性存在時，才有意義。」

這些年，親情、感情逼著他成長，再次見他，線條溫柔了許多，是哪些事改變了他？這本沒有脫光衣服的書，倒成了很有意思的內心寫真書，赤裸的剖白，更加貼近了他的內心，反而讓我玩味再三，愛不釋手。我特別感動他敘述父親的那段，那樣又愛又恨的內心糾結，曾是我和他表演對話中的焦點，時間過了，他也有了不同的感受。

這樣的他，更迷人了，就算他可能不大喜歡把「迷人」一詞冠到自己頭上。

昊奇，之前介紹過的一本書，不知道你後來看了嗎？那是美國作家約翰·伯格（John Berger）寫的《觀看的方式》（*Ways of Seeing*），我想，我們都正用另一種開始來了解我們成長以來所有的學習，並將他重新定義。看這個世界不可能只有一種方式，你知道的，但是，我最近又想，為什麼我們出生或老死的時候沒有智慧？會不會不要運用任何方式去觀看世界，才是最好的方式？

替你高興。

自序

我來試鏡的

我想當演員。

喔？為什麼想當演員呢？

因為演戲很好玩，可以扮演其他人。

為什麼想要扮演其他人呢？

嗯，可能因為很有趣吧。

哪裡有趣？是扮演別人有趣，還是不用再扮演自己有趣？

噢，或許兩者都是吧。或是說，我們都想扮演有趣的人，不再扮演無趣的自己。

等等，這裡又出現另一個小問題，平常我是在「扮演」我自己嗎？如果哪天我知道了能夠不再扮演自己訣竅，那麼，我會是誰？

演員是做什麼的呢？做什麼才能算得上是一名演員呢？只要能扮演另一個人就是演員嗎？還是只要能不再扮演自己，就是演員呢？

不知道。於是我拿著這些問題到處向人詢問，並集結成冊。原本以為它會是一本演員奮鬥的小日記，但是到了最後，它反倒成為一個人想知道「身而為人，是怎麼一回事」的反覆思索。

謝謝你，願意翻開書頁，與我長談，自己。

CONTENTS

推薦序

自序

序章

TAKE 1

輯一——與你演對手戲

TAKE 2
輯二——演員的獨角戲

代後記

序章——

左腳不再如此　右腳尚未到來

暗紅色的布幔升起之前，一片漆黑。左下方是煙霧機的噴氣聲，右後方是場控組員刻意壓低的腳步聲，觀眾席有些細碎的騷動，女人與男人低頻的交談聲、老舊摺疊椅疲憊的尖叫聲。然而就算這些聲音全都一起出現，也掩蓋不過自己震耳欲聾的心跳聲。

上台，從高中社團開始，就深深吸引著我，同時不斷將我推往憂慮與惶恐。我們都以為，上台只是為了滿足表演欲，總有些天生外向的人喜歡站上台，享受自己在聚光燈下所綻放的光芒。

但是就我所知，愈是真正渴望上台的人，愈是懼怕上台，因為上台這件事在生命中最深層的渴望不是表演欲，而是「改變」。

有多少內向的音樂人，明明怕得要死，硬是逼著自己杵在台上，讓音樂改變自己；多少人恨透了自己僵硬的肢體，還是願意站上學術的講堂，讓知識的理念改變自己。

我們總是有辦法讓自己站上台，改變自己。

布幔逐漸升起，腳踝最先感受到觀眾的注視，向上蔓延至膝間、腰上，歡呼聲讓側腹顫起一陣雞皮疙瘩。在布幔抵達因緊張而乾渴的喉頭時，時間會暫停。

這一剎那，我處在「布幔完全升起前」與「布幔已完全升起」之間。「改變」這扇大門，跨過去只需要一秒，但是前腳與後腳的距離，永恆如光年。此時此刻的我，是誰？顯然過往的事物已經遠去，新的事物則尚未到來。

我介於「不再如此」與「尚未到來」之間。

有些事情會讓人猶豫很久，久到讓人學會使用許多聰明的小技巧來讓自己含混地忽視這些念頭，忽視對於改變的渴望。

我說的改變，不是指週末朋友相揪就可以一起體驗的小樂趣。它是對自己來說既渴望又抗拒的強烈念頭，強烈到你會害怕它影響了你現在習以為常的生活模式。它風險大、不可逆，一旦發生了，就算你想一筆勾銷，忘掉一切，生命的狀態也無法容許你重新來過。

它在別人眼裡不見得是一回事，真正有價值的改變是非常個人的領域。哪怕只是第一次不倚靠游泳圈下水、小心翼翼執起小提琴的弓弦、用不同以往的決心閱讀一本書、展開一段親密關係、憑藉獨立思考辨識出不適合自己普世價值。

任何能讓自己踏出陰鬱生活，並且渴望與抗拒共存的念頭，很有可能就是有價值的改變。從這個角度來看，我們正是為了把它辨識出來，才不斷展開自我追尋的旅程。在改變的另一頭，蘊藏著人生的意義。

無論我們曾引以為傲完成的環島、攀登百岳高峰、當背包客、深山修行，都是以某種途徑讓自己在物理上脫離日常生活，迫使自己在精神上釐清對自己而言真正重要的問題，辨識出有價值的改變。

現在，當導演喊下「action」之後，我還是會等上一段時間，想像暗紅色的布幔逐漸升起，並且暗自希望它永遠不要完全升起，讓我在改變之前能多喘口氣。

你一定會想，人為什麼非得不斷改變？但是比起被陰鬱的生活緩慢拖行至死，我寧可將它一肩扛起，負重遠行。

當左腳不再如此，右腳尚未到來，且暗紅色的布幔完全升起之際，我將不再是我，而是更好的我。

輯一

TAKE 1

與你 演　對手戲

縱使人生不長，
但也沒有短到暫時不揮棒就被三振。
等待的日子，我要做的就只有聽，聽可以認識風，
而風總能比好球快上半秒為我捎來信息。
在人人都急著揮棒、盲目打擊的時局，
我需要更多的、等一顆好球的耐心。

走，我們繞一繞

偶爾我會打開信箱，與讀者交流。隨著彼此的分享愈加深刻，信箱中也累積了愈來愈多我回答不出的問題。應該說，我產生了更多的問題，問題總有辦法帶來更多問題。比起回答你的問題，我更想追問的是，關於你提出問題的問題。

我的行業有個說法：演員是加法，導演是減法。

演員挖掘劇本中的可能性，提出各種驚奇的點子給導演選擇。依照這樣的職務分配，如果你是自己人生的導演，相較於回答問題，在你的人生劇本裡肆無忌憚地塗鴉，提出各種可能性，才是我們演員更擅長的事。

我所能提供的拙劣答覆多半沒有結論，頂多是耍耍小聰明地挽著你的手臂，要你陪我去一些思想熱鬧的市集四處轉轉，繞個幾圈回來，再看看有什麼不一樣的感覺。

絕大部分值得思考的問題是屬於「深層的真理」，而不是「表面的真理」。表面的真理像是二加二必定等於四，三角形的三個角加起來一定是一百八十度。對此，我想起孟德斯鳩（Montesquieu）有個譏諷的說法：「如果三角形有自己的神，想必祂也會有三個邊。」

深層的真理則不然，丹麥的物理學家波爾（Niels Bohr）向人展示另一個說法，他認為與表面真理相反的觀點，就是錯的；而與深層真理相反的觀點，則和深層真理一樣，都是對的。

例如今天我說生命是短暫的，你同意；明天我托著下巴，大嘆一口氣說生命是漫長的，也沒錯。

如果我說，沒有標準答案的問題才是真正值得反覆思考的問題，你同意嗎？

不同意也不行，因為你已經在思考這些問題了。

為之著迷的條件

「不會有很多迷弟迷妹傳訊息給你嗎？」

講真的，我還真不覺得有迷弟迷妹傳訊息給我，作為一名演員，可能我太不令人著迷了吧。

在網路上為我留下訊息的人，內容都誠摯得讓人難以忽視，根本沒有所謂輕浮，或是缺乏判斷力等一類對於著迷粉絲的刻板印象。

說不定世界上根本沒有迷弟迷妹，迷弟迷妹不是一種人，而是所有人都可能擁有的某個面向。也就是說，我和大家一樣，都有迷弟迷妹的一面，端看是否有個對象讓我們釋放人性「為之著迷」的一面。

顯然我並沒有達到「成為著迷對象」的條件。儘管如此，我仍然認為自己是幸運的。雖然客觀上來看，缺乏「為之著迷」的特質在商業模式上失去了許多優勢，不過取而代之的是「為之好奇」的特質，這項特質讓我有機會靠近人真誠、靈性的一面，對我來說絕對是生命中不可或缺的收穫。

幾年前，有一個想法不斷纏繞在我心中：一個人本身如果不渴望成為令人著迷的存在，那他怎麼可能有機會讓人對他著迷？畢竟這樣的人總有千百種方法隔絕世人對他充滿激情而非理性的愛。而為什麼我又會如此充滿矛盾，一方面想要成為令人著迷的存在，另一方面卻又隱隱約約地厭惡這樣的自己？

我想，這裡有一個微妙的差異必須區別開來——這種渴望是作為「目的本身」還是「手段」？

在一次檢討會中，經紀人告訴我，四年前偶像劇演出最活絡的時期，我太早想要「做自己」，錯失了扮演好一個讓人投射浪漫幻想，做為虛擬戀人的機會。雖然個性使然，覺得這件事情有些彆扭，但是為了未來長久的演員生涯，短短幾年的角色扮演難道不值得忍耐嗎？「成為讓人著迷的對象」如果是為了成就更遠大目標的「手段」並不是不可以，也很可能是整體評估下來相當理智的策略。只是，它會帶來無法預期的辛苦，我說的是精神上的辛苦，那會和自己產生很大的衝突與斷裂。這種精神上所承受的風險是隱形的，常常被自己壓抑而忽略。

相較之下，對於本身就不排斥成為讓人著迷的對象，甚至樂於扮演這類角色的公眾人物，才是天生的明星。某方面我很羨慕他們在這類特質上與內在的和諧，「成為讓人著迷的對象」對天生的明星來說，是目的本身，而不是達成其他目的的手段。

不過，我們也不能忽視這類特質可能造成的風險，也就是不再被大眾寵愛。如果備受矚目與寵愛是他的目的，那麼當他失去了鎂光燈，也就失去了自我價值。為了持續爭取眾人的愛，他將徒勞地做出許多讓自己看起來更加狼狽不堪的行為。

我想，無論我們是在什麼領域上努力，都會面臨許多關鍵的抉擇。眼前的目標究竟是目的本身，還是為了達成某種核心價值而必須經過的手段？或許一項目標作為手段並沒有不好，在熬出名氣之前忍辱負重、苦幹實幹常是社會新人必須經歷的手段，我們知道那樣的自己是為了實現遠大的核心價值。

但在這之中，還是要有意識地關注自己精神上所能承受的矛盾與斷裂，以及考慮到這條路是不是「繞得太遠了」。路，如果繞得太遠，也許會失去原先一路上志同道合的夥伴；一個人如果完全失去了珍視自己核心價值的夥伴，到最後會不知道自己到底在追求什麼。周遭的人早已不是他原先所敬重的人，便會感受到一股隱隱約約的疏離，與旁人的價值疏離，與自己疏離，茫然無助。

繞回來說吧，無論從事什麼行業，如果沒有辦法打從心底喜歡自己被這個行業打造出來的樣子，那麼就會與能夠珍視我們真正價值的人失去連結，取而代之的是來來去去、惶恐迷失的人群。

如果我們所獲得的認可，全來自於隨波逐流、徬徨迷失的人群，那會是什麼樣子？

相信你也和我一樣，都希望藉由努力地琢磨自己，成為我們想成為的那種人，實現自己最重視的價值。如果這般努力恰好能得到來自外界的認可，一定會帶來某種程度的滿足。我不否認獲得他人認可的重要性，但這裡有個不容忽視的關鍵：到底是得到公眾認可才讓一切值得，還是自己努力奮鬥的過程本身就值得？

如果只是歪打正著、運氣好、長得好，突然就被公眾認可了，這樣的成就感能持續多久？如果公眾認可的只是你無意間的外顯成就，而不是經過「值得為之努力奮鬥」而爭取到的內在成就，這樣的成就感能實現多少價值？

如同偽幣只有在真鈔存在時才有意義，成功所帶來的成就感，也只有在失敗的可能性存在時，才有意義。因為與生俱來的條件或純粹運氣好所導致的外顯成就，頂多只能算是滿足對於虛榮心的依戀。沒有經過「值得為之努力奮鬥」所達成的偽成就，永遠無法滿足我們內心對於真實性的渴望。

此外，由於別人欣賞的僅限於你與生俱來的條件或者好運氣，一旦年華老去、好運不再，你將無可避免地失去眾人對你的欣賞，甚至瞬間失去人生的意義。

你心中的目標是「成為某種你想成為的人」嗎？為了更接近你想成為的人，你會努力地做某些事，以及避免去做另一些事，來確保自己能成為這樣的人。不同於好條件或偶然，這樣的目標是持續性的，儘管你已經很接近你想成為的人，你還是得不斷付出努力去維持。

就在你為了「成為那樣的人」而奮鬥的過程中，讓我看到一份有價值的嚮往，而我和你一樣共同欣賞那份嚮往。甚至不只欣賞，我恨不得自己也能出點什麼力，幫助你達成這份嚮往。

也就是說，我對你的欣賞，是奠基於每一份你為了靠近「想成為的人」所付出的努力。只要你一天不遠離奮鬥的過程，我就會心甘情願地把自己假想成你實現目標的夥伴，繼續地欣賞你。

既然我和你一樣，終究無法逃離來自他人認可的需求，那麼「辨識它的本質」就成了與這項事實相處的積極面向。那些欣賞你的粉絲、欣賞你的客戶、欣賞你的朋友，是能夠珍視你真正價值的人？還是來來去去、惶恐迷失的人呢？

我和大家一樣，都有迷弟迷妹的一面，

端看有沒有一個對象讓我們釋放人性「為之著迷」的一面。

這趟旅程，目標是失去

「你認為演員這份職業最吸引你的地方是什麼？」你問。

「失去。」

只要將時間拉長，每個人都會產生變化，這樣的想法你我應該都認同。無論是興趣、愛好、性格、信念、記憶，都會緩慢而連續地變化，緩慢到如果不刻意找一位朋友說說你幾年前的樣子，你幾乎不會發現它的差別，偶爾你也會有「我一直以來都是這樣」的錯覺。

演員這份工作特別的地方在於——相較於正常人生緩慢而連續的變化，它提供了一個強制性的機會，讓一個人產生快速且斷裂的變化。

在戲劇場景中，我狂放地哭著，笑著；我強勢地索求，弱勢地屈從；我誠摯地表達自己的愛，坦然地承認自己卑鄙的念頭；我說服、利誘、妥協、自欺、憾恨。在快速且斷裂的變化中，我逐漸意識到「我」的失去，更準確地說，關於「我」的意識正在失去。

但是這一切並不讓人驚恐，因為失去的部分並不是成了黑洞，而是有某些新的東西填補進來。原來演員吸引我的，正是因為它象徵著失去，反映著我對於失去的深層渴望。

「我啊，連我自己都可以失去。」

「連我自己都可以失去」不是指生命的失去，也不是自我毀滅的傾向。我不希望它被理解成某種悲觀主義，我想描述的是「我認為我一定該是怎麼樣」的想法也可以失去，而且每分每秒都在失去，而這樣的失去讓我想起了忒修斯之船的故事。

神話裡的雅典國王忒修斯回到故鄉之後，他的船被拉上岸，再也沒機會出航。島上的居民為了守護這段歷史，盡全力地維護修補這艘船。風吹日曬雨淋，先是換了船身、船尾的木板，最後桅杆也必須更換。直到某一天，連最後一片原本就在忒修斯之船上的木材，也被新的木材取代了。現在，我們面臨了一個經典的問題：它還是原來的忒修斯之船嗎？

你我也與忒修斯之船一樣，人類身體的細胞往往會規律地更新。七年，我們身上所有的細胞都會汰舊換新一輪，在我身上所有的「材料」就會和七年前完全不同。當材料全被更換的我，還是原來的我嗎？或者說，我們七年換一顆腦，七年換一顆心，七年過完一輩子？

儘管自我意識感覺起來是連貫一致的，但那也是記憶系統製造出來的幻覺。好比我們想像大腦是間擁有上億員工的大公司，每分每秒都有離職與新進的員工在交接，幾年之後，這間公司所有的員工將會和現在完全不同。但如果你去問每一位員工，他們依然會認為自己身處於與幾年前完全相同的公司。

為了讓我們能正常過日子，記憶系統巧妙地縫補了這些人格特質上的變化，讓我們產生了「自己一直以來都是如此」的覺知。藉由記憶系統，我們可以確知，儘管過去的我和現在的我有些不同，但那還是我。

回想你上輩子，噢，我是指幾年前的你，看待生活與情感的方式和現在早已不一樣，想必幾年後更是。你感知世界的方式變了，對於情感的詮釋也大不相同，匯集而成的概念和想法更是截然不同。

／

舞台上的演員沒有幾年的時間可以過上汰舊換新的一輩子，演員隨時準備成為一個不是自己的存在，而這樣怪誕的存在強烈地暗示著——我隨時可以失去我自己。在角色面前，所有「我認為我必定是怎麼樣」的念頭都可以被拋棄，也值得被拋棄。舞台上快速且斷裂的變化逐漸在我心中濃縮成一個概念——人沒有什麼不能失去，且必然失去，或許所有我以為的擁有都只是錯覺。

雖然說一位演員不能帶有強烈的「自我」上台，必須抱著失去一切的覺悟，但也不代表他可以腦袋空空，連台詞與角色的記憶都一併失去。唯有一件事不能輕易失去，我們無論如何必須記得——我，是歷經了無數事件，不斷變化至今的存在。

歷經了無數事件，並不斷變化至今的我至關重要，這個概念能讓我們不被記憶系統製造的幻覺給限制住。自我意識會讓我們認為自己從以前到現在都是這樣的人，以後也會一直這樣下去；甚至認為人活在世界上就應該要如此，因為其他人也一直都是如此。

不過，只要我們認真回想自己七年前的上輩子，甚至十四年前的上上輩子，回望當時的所思所想，比照現在的興趣、愛好、性格、信念，就可以輕易地破解這個幻覺。

換句話說，我們回顧過往，正是為了能夠「好好地失去」。

一旦意識到自己是可以變化的、每分每秒都因失去而持續變化，就會燃起一份責任，想為自己的改變負責。畢竟我們重複的每一件事，每一個思考的習慣，都會在大腦的神經突觸間建造橋梁，這些以秒為單位的摧毀與建造都在影響我們的認知。

確實，我們的成長無可避免地受到社交模式的劇本、文化脈絡以及信仰上的典範影響，但同時我們也是擁有自由意志的存在。當我們累積的經驗愈豐富，就愈有能力去質疑外界所提供的人生地圖，為自己尋求更好的方向。

正是因為我們是歷經了無數事件，不斷變化至今的存在，所以必須為自己的改變負起全責，這樣我們才能解決自己的問題，不用全依賴外界的肯定，任人宰割。要宰，也必須是我們親自動手。

誤打誤撞的成為了演員的我，是幸運的。幸運的是，演員快速且斷裂的變化，開啟了一連串關於失去的探索。

無論你是不是演員，「失去」都值得被探索。與其讓你知道千篇一律的演員多能體驗豐富多變的人生，或多能培養刻苦耐勞的精神，不如與你分享我的困惑、我的慾望，以及我不斷變化至今的信念。這趟以失去為目標的旅程，將是為你開啟所有可能性的一把鑰匙。

「你認為演員這份職業最吸引你的地方是什麼？」

「失去，一個人在不斷失去之後，竟然可以愈來愈好，特別是『我』的失去。」

日本福岡市美術館附近的街道，
由黃豪平不經意地拍攝。

來到眼前的你，正是我的信仰

你問我：「你相信你的表演嗎？」

「不相信，都只是技巧，只要多練習幾次誰都做的到。」我說。

「但是，我相信你的表演，我相信你相信我，也許這樣就夠了。」

這是在兩年前的排練中，一位夥伴告訴我的。從這個時刻開始，我心中岩層般擠壓的價值觀，開始以讓人感受的到的幅度，緩慢移動。

「你相信你的表演嗎？」仔細一想，這是一個很微妙的問題，它像是在問：你相信你覺得最重要的事嗎？你相信從你口中說出的話嗎？你相信你整個人生一路走來所經歷的一切嗎？一個人真的有辦法持續做著他自己都不相信的事嗎？或是說，一個人聲稱自己不相信，就真的代表他不相信？

我想起一個隨口就是「我不相信愛情」的朋友，到頭來，她才是真正渴望愛情的人，這些話不但沒讓她後來交往的對象卻步，反倒更加確認了，憤世嫉俗者不過是標準高得異常的理想主義者。

一個聲稱自己不相信的人，很可能只是在意識上「想要不相信」，不代表潛意識中真的不相信。「相信」這兩個字，一旦涉及意識與潛意識，就不再只是相信的問題，而是信仰。

／

信仰這件事，在我身上——至少到目前為止——走了三個階段。一開始，表演藝術被我視為某種獨立的存在，由某個凌駕於人類之上的靈感之神看顧著這一切。只要我不夠虔誠地堅信祂，祂就會在創作的歷程中對我施加苦難。可嘆的是，當我愈是全神貫注投入，祂就愈是苛刻。自己彷彿成了想望天堂的奴隸，必須用一生的徒勞來贖罪。回顧這段過往，我把它稱作「不成熟的信仰時期」。

然而懷疑的起點，就是被靈感之神一而再，再而三地拋棄所開始的。當我開始不把祂當一回事，一一拆解、分析、歸納我所有的表演後，一切竟然不可思議地順遂起來，遇神殺神、見佛殺佛，拋棄所有信仰，大腦與身體竟然就不再作對，原先做不到的事，現在全做到了。

這是一個天大的笑話，因為當有人開始稱讚我的作品，我的內心反倒滿是疑慮。畢竟這段期間我都在「亂演」，憑什麼亂演的作品能備受讚譽？憑什麼一個心中毫無信仰的作品，卻像是有了自己的靈魂一樣鮮活起來？在這個茫然與躍進交織纏繞的時期，我叫它「懷疑一切期」。

「既然亂演的都比較好，那我根本也不必太看重」，現在回過頭來看，這些懷疑起因於潛意識的衝突，以及強烈的無力感。除非能真正明白懷疑的根源，一個人才有機會克服這些出於無力感的意志痲痺。如果沒有這樣的認知，我們就會暫時找一個替代性的解答，雖然它不盡如人意，但至少可以減緩痛苦。

而在我身上，「所有的表演都可以被拆解與刻意練習」就是我的替代性解答。

在「懷疑一切期」，我面臨兩個選擇。第一，繼續接受替代性的解答，藉此獲得暫時的喘息。另一條路則是接受某種不同以往的信仰，將自己所有的懷疑都深埋其中。

／

我開始不理解，為什麼表演課的老師要我好好生活，朋友也要我好好生活，到底什麼是「好好地生活」，我的生活已經那麼充實，難道過得不好嗎？

顯然毫無信仰地對一切抱持懷疑，會讓人遠離地面，遠離世界，讓所有的動作都變得自由自在，但卻無足輕重。這是生命中不能承受之輕，是一種漠不關心的態度，認為一切都有可能，卻也沒有任何東西能夠確定。因此我想，「好好地生活」或許指的是有一份信仰的生活。

三十二歲的我，重返信仰的路。

人活著可以沒有信仰嗎？信仰非得和神明有關嗎？信仰這兩個字在台灣的文化脈絡裡，難免與宗教連結，與理性思考分離。我很欣賞心理學家佛洛姆（Erich Fromm）對於信仰另一層面向的解讀。他認為，信仰可以被當作人的基本態度，是人類經驗的一種特質、一項性格特徵，不單單只是相信某種事物的內容。

原來信仰不一定等於臣服，不一定是服從一股讓人覺得無比強大、全知全能的外在力量。在人文主義精神下的信仰，不讓人在偉大與神聖面前放棄自己的力量。相反地，我們之所以相信某個想法，是因為它是自己觀察和思考的結果。我們相信他人、相信自己，是因為我們經驗過自己被發展的潛能，我們在自己與他人身上經驗理性與愛的力量。

或許，被信仰的不該是掌管靈感與命運的神祇。在舞台上，我信仰的是一路走來，做出每個決定、付出每份努力而來到你面前的我自己。並且，我將帶著這份信仰去相信同樣而來的你。我會在你的關注下，傾聽你的台詞，它們一字一句都包含了我們彼此的生命脈絡。就像你告訴我：「我相信你的表演，我相信你相信我，也許這樣就夠了。」

這份信仰若是延伸至生活中，那它將會是所有重要友誼與愛的必要條件。對一個人保持信仰，代表我對你有信心，這意味著我相信你的基本態度、你可靠的人格核心。這不是說一個人永遠不會改變他的想法或是價值觀，而是說他最根本的生命狀態，例如他所擁有的人性尊嚴、創造性的潛能等，這些人性本真的特質不會輕易改變。

現在，如果有人問我：「你相信你的表演嗎？」我的答案會是「我相信你，以及過去每一刻你為了站上舞台所做的努力，我相信你。」

戲服借你，你自己選

「你通常怎麼做選擇？」

這個問題對我來說很意外，因為不知道從什麼時候開始，我給人的印象就成了「選擇障礙的相反」。這可以算是我在過去研究劇本分析的作業中，意想不到的收穫。

選擇，就是可以對一件事情說好或不好，做或不做，如果沒有辦法拒絕，那可能就不是選擇的問題，而是如何接受的問題。

在討論選擇之前，必須先找到動機，也就是演員常常把自己困在排練室做的練習，我們絞盡腦汁地找出推動角色做選擇的動機。

當你被問到「為什麼做這件事而不是那件事？」時，你所提供的答案就是動機。動機依照不同的特質，又可以細分為命令、習慣和任性。

如果你說某件事情是我逼你做的，好比開會遲到就罰五百，那它是一種「命令」。

如果你每天上學都走同一條路、週末都只刷上排的牙齒，重複到幾乎不用去想，或是你看到周圍的人都這樣做，不想和大家唱反調，這一類是「習慣」。

還有一種是純粹想做，沒什麼理由，就如你一看到半熟荷包蛋就想用筷子戳一個洞讓蛋黃流出來，過斑馬線的時候只踩白色的區塊，這一類則是「任性」。

每一種動機都有不同的力量來源。一般來說，命令比習慣有強制性，也比戳破荷包蛋和過斑馬線的任性強。命令可能來自於恐懼，像是因為害怕違抗師長而被責罵；也有一部分源於你對權威的信任，如你相信某些命令是為了保護你、教育你；又或者你可能期待完成命令所獲得的獎賞。

與命令不同，習慣的養成多半是因為你滿足於繼續做一件事的舒適感，或者不想要與眾不同。例如跟隨流行，你總是知道現在流行寬版復古，不流行空氣瀏海，流行陷阱穿搭等等。

相較於命令和習慣，任性更加自我，但是說不定你所謂的「就是想要這樣做」也是向別人學來的，或許來自於某個你不想完成的命令，例如家人如果沒有一天到晚叫你整理房間，你根本也不會刻意把房間維持在混亂狀態。

／

回到選擇這個主題，選擇就是做決定，「做好選擇」的相反就是「隨機放任」。當然也有人傾向隨機放任，交給神明決定，這樣做的唯一好處就是完全不用負責。如果今天我們打算走向啟蒙精神，脫離逃避自由的不成熟的狀態，我們只好認命地去思考，而且至少思考兩回合。

第一回思考，我要先想想「為什麼要做這件事」的動機，我是受到命令？習慣？還是無意義的任性趨動？把動機給抓出來。

第二回思考，假設動機是某種命令，為什麼我要遵守這個命令？是因為害怕懲罰？還是我想得到獎勵？如果我順從發號施令的人只是因為他懂得比較多，那麼我努力讓自己知道得比他還多，是不是更有利於自己做選擇？如果命令的內容不合適呢？例如新的制度明顯有性別歧視或違反勞基法，那還必須遵守嗎？

假設動機是某種習慣，不嚴肅地想個兩回合，很容易會滿足於「沒為什麼，因為我就是習慣這樣做」。憑什麼我該習慣這樣做呢？我們不是任何人的奴隸，別人理所當然這樣做，地方習俗這樣做，不代表我就必須跟著這樣做。

如果辦公室的同事霸凌新人，在我今天看來是壞事，這時一定要跟著做嗎？祭祖一定得焚燒嗎？放天燈需要替環境考慮付出的代價嗎？依循陳舊的習慣難道不可能對我有害嗎？在無關緊要的小事上，小小任性或許還可接受，但是在嚴肅的事情上呢？

想要做好選擇，是在有限的資訊中做出對未來最好的決策。一般我們多半考慮的是眼前的Ａ、Ｂ選項哪個好？但時常忽略了選擇的動機，為何選Ａ？為何不選Ｂ？讓我們感到「選Ａ比選Ｂ好」的背後，是來自某個外在權威的命令？是因循過去、不想和大家不一樣的習慣？抑或只是沒什麼來由、甚至是為了反抗某個命令而不自覺的任性？

如果是因為外在資訊有限造成選擇的結果不如自己預期，那就沒什麼好後悔，純粹只是運氣不好。但如果是沒搞懂動機，例如當初不知道自己對這個科系那麼沒興趣，就變成只是在選擇別人的選擇。不知道自己為何而選，那就很可惜了，因為原先我們都有機會運用自己的能力做好選擇。

選擇，除了客觀地把眼前的幾個選項拿出來比一比，像個演員一樣為自己做角色分析。還要找出自己潛藏的選擇動機，也是一種以客觀視角檢視自己的練習。

好了，現在戲服借你了，剩下的，你自己選！

在表演課上，
我們也做選擇的練習。

沒有別人，怎麼做自己？

「怎麼樣才可以不在意別人的眼光，做真實的自己？」

儘管時常被問到這個問題，每次還是會讓我一臉疑惑：「難道我看起來就是不在意別人眼光的樣子嗎？該不會是長相問題吧？」

「可能因為你是演員，演員給人的印象就是不怕眾人的目光。」有人這樣回答我。

這個答案讓我印象深刻。仔細回想，啟蒙我的第一本表演教科書，叫做《演員與標靶》（*The Actor & The Target*）。作者使用大量的篇幅，試圖清除表演者的障礙，而非教導如何去表演。因為對作者來說，表演是與生俱來的本能。我們要做的，只是讓它能夠正常發揮而已。

這些阻擋表演的障礙，很大程度來自於目光，包括他人對自己、自己對自己的目光。當然，目光本身不是障礙，對目光象徵的評價產生恐懼與渴求才是障礙的真實面貌。而作者所謂的清除也不是指消滅，而是去理解；藉由理解，我們削弱這些阻礙的力量，甚至挪用它的力量，為自己所用。

儘管如此，演員還是可能會陷入另一種困境。我很喜歡電影《鳥人》（Birdman）中艾德華．諾頓（Edward Norton）所飾演的角色。他說：「在舞台上我從來不是假的，但是我沒辦法在日常生活中真實。」

儘管演員有辦法在眾人的目光下呈現真實的自我，也不代表他能同樣真實地活在日常生活中。更糟糕的是，演員甚至會不自覺地藉由在舞台上真實，來逃避日常生活中來自他人與自我的評判目光。

事實上，我也有相似的困擾。脫下戲服之後，依然得面對他人目光與自我真實辯證的課題。

想要回答「如何不在意別人的眼光，真實地做自己」的問題，可能必須先去理解「別人的眼光」是什麼，以及「真實的自己」是什麼。

這顯然是一個相當龐大的命題，不過你可以想像一下獨自一人走在漆黑的小徑的場景。當你發現自己只看得到腳下的碎石，卻看不到其他夥伴，或許是因為你手上名為「我」的火把太亮了。暫時將它熄滅吧，當瞳孔適應了黑暗，幽微的月光讓你看見點點繁星，甚至重新看見遠方有人的模糊身影。

如果將名為「我」的火把置於眼前，很容易侷限自己的視野，誤以為自己身處漆黑的深淵，必須不斷地以「我的光明」，抵抗「別人的黑暗」。但事實並非如此，因為每一雙目光背後，都是一個心靈，而數以萬計的心靈，構成繁星點點的夜空。

當你接納了黑暗，同時也接納了這片夜空。當你意識到自己綻放的微弱星芒，同樣來自數以萬計的心靈，夜空也接納了你。

察覺到「太在意別人的眼光會帶來困擾」是第一步，但是想要清除困擾，不一定是克制自己不去在意，也可以是像我們現在接納黑暗一樣，接納這些必然的在意。

由於這份接納，我們才有機會走在一起，在遼闊的星空下自在漫步，這條路絕對不是一個人悶著頭就有辦法前進。

原來，所謂「真實的自己」，打從一開始就是從別人那裡來的。

沒有別人，怎麼做自己？沒有在意的別人，怎麼能擁有人生的目標與意義？在人生的目標與意義這層思考上，對於「點燃自己熱情的人」與「試圖熄滅自己熱情的人」應該付出同等的在意嗎？難道不應該付出努力去辨識這些人嗎？

找出點燃你熱情的人，再把這份熱情傳遞給需要的人，邀請他接納繁星點點的夜空，而不僅是腳下的碎石。

當你願意以這樣的方式照顧別人的眼光，就很難不是真實的自己。

不費力的思考術

如何省力回答一個和我無關的無傷大雅問題？步驟一，先順著對方的提問快速給出肯定答案，例如對方問：「你覺得我該不該買那雙鞋？」我會說：「買。」如果對方沒再追問，表示他早就決定好了，你也不必多費心思，結案。

如果對方追問為什麼，你千萬記得不要費力思考，直接進入步驟二：反問。

「為什麼你覺得要買？」

「為什麼你覺得不要買？」

如果對方醒悟，「對耶，為什麼要／不要買？」表示你順利地幫他找到對抗矛盾的理由，結案。

／

但如果對方繼續給出關鍵的理由，你千萬記得不要費力思考（視情況而定地持續給予思考的節拍和語助詞，避免讓對方發現你完全沒打算費力思考），直接給出步驟三：那又會怎樣嗎？

「因為我這個月已經買第三雙了。」

「那又會怎樣嗎？」

「就覺得自己好像有點太誇張。」

「是嗎？那……又會怎麼樣嗎？」

「也是，那我買囉！」

「好，買。」

「哎呀，算了，我要克制一點，還是不要買了。」

「好吧，你想清楚就好。」

你看，這種內心掙扎，一開始就沒我們的份，與其花心思參與，還不如用這種毫不費力的方式讓他自己理清楚。

重點來了，通常愈深層、愈不想面對的考量，風險都會在愈後面的回答出現，例如：

「你覺得我要不要主動約他？」

「要。」

「為什麼？」

「為什麼不約？」

「我怕對方覺得我很主動，很怪。」

「那又會怎樣嗎？」

「是不會怎樣，但如果失敗了以後搞不好連見面都尷尬，會不會連朋友也當不成？」

「嗯……有可能會尷尬。但是，如果連朋友也當不成那又會怎樣？」

「嗯……算了，還是我再觀察一陣子好了？看看他對我有沒有好感。」

「嗯，再觀察一下也好。」

「不對，他下個月就要離職了，如果錯過了我一定會非常後悔……不管了，我要衝一波！」

可見不費力的思考不見得比你費盡心思提供的建議差，因為每一個步驟到最後都是他自己整理出來的，你空空的腦袋反而提供對方一個寬容度極佳的整理平台，雙贏。

第一，快速肯定；第二，不假思索地反問；第三，那又會怎樣？

同時愛上兩個人怎麼辦？

「同時愛上兩個人該怎麼辦？兩人都放棄是懲罰自己的最好方式嗎？」

私人情感上的道德難題，一旦延伸至社群領域，就變得毫無喘息的餘地，如果不跟著猛烈撻伐背德的一方，似乎就無可避免地成為了眾矢之的，好像只要不反對就等於認同，稍作思辨就等於縱容。

儘管你再不想承認，也都必須接受——精神世界是自由的，我們阻擋不了，即使某些念頭是那麼禁忌、血腥。這些想法與念頭是想像力的象徵，是人類特有的思維模式，我們接受它就是了。

不受控制的念頭或是背德的慾望也不總是麻煩，因為它們同時也是珍貴的靈感來源，許多精神生活的養分與藝術創作都是來自這些腦中的慾望、妄想、幻想。因此，你同時喜歡幾個人，或想對這個世界做什麼瘋狂的事，我都不認為有什麼好奇怪，我們也不應該對它過度反應而刻意將它摒除在外，這樣我們才有機會去認識它，和它交上朋友。

我們要關注的是行動，而不是念頭，只有行動關乎責任。一個人只有在真正扛起風險、背負責任時所做的行動才能顯現你心中真正的價值觀排序。只有在你實際拒絕了A，你才能確定你喜歡的是B；而在你同時接受了A和B之後，你才知道原來A和B對你來說都不是必要，因為兩者都暴露在很高的失去風險之中，一旦被揭穿，兩人都會失去。儘管他以為他自己很愛，恐怕也是他對自己價值觀的誤解。

在實際做出行動之前，我們在腦中分析再多關於兩個人的愛都不見得是真實的，被需要的感覺固然美好，但是如果要選擇，要釐清，要隱瞞，要背負罪惡感的代價實在過於沉重，於是「什麼都不要」就很有可能成為你的首選。你的退出證明了你最愛的是你自己，你重新獲得了寧靜。

在這場三方意志的角力中，你占了上風，因為擁有最多選擇權的人其實是你。

擁有選擇權代表著自由，而伴隨自由而來的責任同時也會帶來憂懼，哲學家沙特（Jean-Paul Sartre）曾經形容這樣的憂懼像是站在懸崖邊往下看那種頭暈目眩的感覺，我們之所以會頭暈目眩，是因為無法完全信任自己不會忍不住往下跳。

為了讓自己好過一些，我們很擅長假裝自己沒有自由，假裝自己沒有選擇權。好比你說「我只是順著心中的感覺」、「我也沒辦法控制」、「這就是我的天性」、「上天刻意安排這兩個人來考驗我」、「為了大家好，我只好自我犧牲退出了」等等，讓自己看上去沒有選擇權，這樣就不用為自己的不行動負責。

其實，不行動和行動一樣，都是自由的展現，同樣背負責任。在這道情感難題裡，說不定我可以在B進入我生命的時候坦然地告訴A，我對別人有好感了，接下來我們兩個可以一起面對這個問題；但我沒這麼做，我選擇不行動。又說不定我可以用一個善意的謊言離開A，再和B

在一起；但我沒這麼做，同樣因為我選擇不行動。

選擇不行動的我，就像是站在馬路中間，兩部車對我疾駛而來，而我只是閉上雙眼，兩手一攤，等著被撞爛，甚至還有那麼一點點欣賞自己遭受悲劇時的美感，好像我會出現在馬路中央完全是一場無法避免的災難。但事實上是我自己一步一步走到馬路中央的，每一步都有跡可循，每一步都有機會改變方向，或是加快腳步。

行動還是不行動，選A還是選B，都選還是都不選，這事情沒有對錯。只是我想，如果我們能夠意識到唯有從自己實際的行動中，才能確認自己的偏好，以及我們有多擅長用假裝自己沒得選的方式來逃避自由所帶來的責任與憂懼，說不定會開啟另一種不一樣的思維模式、不一樣的感情觀，最後引向不一樣的行動，獲得不一樣的愛的體驗。

現代愛情的劇本

「在演繹過那麼多愛情故事之後，它們對你的真實人生有沒有留下什麼影響？」

我想，愈是貼近生活本身的問題，就愈是值得拉開距離檢視，如同翻閱劇本。在理解劇本之前，首先我們必須先抓出它的核心要素，接下來才有機會更進一步地去比較在不同時空下，差異所代表的意涵。

我愛你，於是無可避免地對你有所期待，而且這些期待同時也是「被你期待的」。一旦我們確認了彼此進入了穩定交往，我們期待的就不是對方可以賺多少錢、外在條件、品味等等，而是你是否關心我、了解我、在意我。我會期待，你也會對我有相同的期待。

現代愛情的核心要素正是「期待」。

有人說，愛情的正確使用方法就是不該抱有期待，讓對方如實地呈現他原有的樣貌。對此，我抱持懷疑，因為我實在想像不到，毫無期待的愛情究竟剩下什麼？事實上，當戀人愈有把握，就愈能滿足愛情中對於穩定性的期待，但是，這樣的愛情就愈是平淡無奇，削弱了愛情本身的不可思議性。

此外，我們也會期待戀人對我們的期待。這種戀人之間「對於期待的期待」很多時候有助於鞏固彼此的關係，但是判斷期待的過程既複雜又捉摸不定，很容易出差錯，於是戀人隨時準備墜入失望的深淵，這正是現代愛情的矛盾之處。

不知道你有沒有想過，到底是誰告訴我們一個合格的戀人該符合哪些期待呢？這些標準是誰訂的？它是與生俱來的嗎？世界上所有的事情，我們都可以輕易跳脫文化脈絡來檢視與思考，甚至連神祇，我們都可以藉由比較歷史各時期思想家所提出的論述，來拓寬我們對信仰的思維模式。

但是，在上帝已死的現代，愛情被推上了不容置疑的神壇。愛情替代了宗教信仰，為現代人提供了生命的意義。任何試圖分析愛情本質、拆解浪漫主義的人，都會被視為威脅生命意義的敵人。

事實上，當我們為自己的另一半未能符合自己的期待而感到失望時，除了思考愛情是不是消逝了，另一個值得思考的問題是：我們腦中所認知的愛情是不是唯一的選擇？還是說，這只是一種只存在於現代的流行愛情觀？

法國思想家傅柯（Michel Foucault）認為，我們的經驗形式來自社會概念，是社會概念賦予了我們經驗形式。

傅柯的概念提醒我們去審視這個社會的遊戲規則，也就是說我們所認為好、壞、美、醜、恰當與不適切等，都不是來自於我們深層內在的聲音，全是源自外在。社會早就給了定義，我們只能從這些定義裡面去積極或消極地選擇，而且說不定就連選擇的標準也非我們自創，全是來自外界的判斷標準。

有沒有可能，我們現在所理解的愛情，包括愛情該怎麼經營、如何評價一段愛情、備受讚譽的愛情該有哪些限制等等，都是因應現代社會需求而產生？好比在多數人的期待中，所愛的對象不可能付出愛但同時一個禮拜中有兩天音訊全無，或是不可能付出愛但不願接受婚姻契約。這樣的的期待並不是針對誰，而是多數人都認為理所當然的期待，所以一旦所愛的對象不符合這些期待，必然就表示他或她不愛。

但是客觀來看，這些行為特質不一定代表你不愛我，也許只代表了你從現在流行的愛情規則中出局了，你沒有在我面前向社會展示出一個合格的戀人該有的行為模式。

一旦探入歷史的長河檢視，我們將會發現，現在流行的愛情，只是不同於過往無數愛情模式中的其中一種。假如你是祖父母那一輩的農婦，看到隔壁村的農夫而感到心動，想必你不會認為自己能在這段愛情中找到什麼意義，畢竟曾有些年代對於愛情的期待可能沒多大自由。

當然你可能會說，我們就是生活在現代的人，遵從現代流行的愛情觀沒什麼問題吧？有必要跳出來比較前人眼中的愛情是什麼嗎？

在現代社會，我們都認同愛情不只是情緒與生理反應，就像社會心理學家沙其特（Stanley Schachter）所說，人類不只「有」這些感覺，還會去「詮釋」這些感覺。但值得關注的是，在現代人的愛情裡，對於「期待」的詮釋可以說是超越了過去所有時代。

生活在現代的我們，不只要求性生活完美，更注重精神層面的深層交流，並且期待戀愛的熱度能持續長久。當我們意識到別人對於愛情的期待不斷升高，於是就相對應的提升了對於自我的期待，然而當「期待」和「對於期待的期待」都愈升愈高的時候，能夠被滿足的狀況就愈來愈少。最後，再也沒有能夠長久滿足彼此期待的伴侶，更衍生出一個值得思考的問題——在現代，我們愛「愛情」似乎勝過愛一個人。

對於一位著迷於探究愛情題材的演員來說，得出這樣的結論實在是一件相當感傷的事。不過，感傷不見得是一個需要被治癒的疾病，它是知性的悲傷，同時也可能是成熟的象徵。

它意味著，我們終於發現了「失望」這個元素，打從一開始就寫進了現代愛情的劇本。

不知道你有沒有想過，
一個合格的戀人該符合哪些期待？
這些標準又是誰訂的？

最後一份驕傲

「什麼事情最讓你引以為傲？」你問我。

「幹嘛突然問這個？」我說。

回想起來，當時我連「沒有」都不願意承認。不管我想不想承認，許多事就是不如自己預期。如果能達成某個舉足輕重的目標，或許它就能成為我生命中引以為傲的重大事件。

但是，儘管付出的努力加倍再加倍，那些未完成的，它依然未被完成。

時間總有辦法揭露現實，讓人趨於明白，一個人在年輕的時候，之所以會訂下某個目標，多少是因為他認為自己握有一手好牌，掌握了某種優勢，或者擁有遲早會被看見的潛力。

當時的我，看著手中的好牌，心想，這就是新手運了吧。「新手運」這三個字，除了讓人困惑之外，似乎沒有想像中的有價值。事實上，它只出現在幸運的人身上，而今天剛好這個被命運選中的人是個新手，所以我們才說他有新手運，彷彿好運是因新手而來，好運的新手不等於新手會有好運。

如果今天你面對的是像我一樣的新手，因為高估了自己手中的好牌而一再跌跤，你也不會覺得新手運對他不公平。事實上，你根本看不到這個人的存在。消失在天真打造的深淵這種際遇對一個新手來說，再平凡不過。

一個我，在看清楚先前低估的現實後，瞞著其他的我暗自降低標準；另一個我，故意不揭穿被降低的標準，接連付出兩倍、三倍、十倍的努力；最後一個我，冷眼旁觀所有我的荒謬。顯然，達成目標所必須付出的代價，遠超乎我想像。

真正讓一個追尋者迷失的，不是為了目標所付出的努力有多艱辛，而是他真的以為只要付出夠多，就一定能得到。

「如果我是你，現在一定會為自己感到驕傲。」你對我說。

「什麼意思？我哪有什麼好驕傲的？」

「你現在這個樣子，為了讓自己成為想成為的那種人，把自己搞得那麼狼狽的樣子。你看，就是這個樣子，值得驕傲。」

眼眶紅了。該死，被你這種傢伙講進心坎裡還真不是滋味，但也謝謝你，或許這次真的被你說對了，一個人怎麼有辦法對自己那麼不公平？難道我不能單單為了自己的努力而感到驕傲嗎？儘管偷偷降低的目標依然沒達到，但是好歹我也活成了現在這個樣子啊！

我啊，可是付出了這麼多努力，才確認了自己的侷限，成了現在滑稽又狼狽的樣子，難道不值得引以為傲嗎？

說不定打從一開始我就不應該把目標侷限在完成某事，而是得當作一個狀態去實踐。要成就一個好的演員、好的人，不見得非得要完成某樣舉足輕重的成就，拿下永恆的頭銜。

一個人的目標如果是好的演員、好的人，要達成這個目標就表示他必須成功地實踐某種生活，讓這樣的生活為他帶來意義，而這其中包含了所有他看重的人。追根究柢，無論你追求什麼，「好」是由自己所看重的人而來。沒有這些人，也不會有「好」與「不好」。

這樣一想，如果脫離了生活狀態而獨立存在，就脫離了使我們的生命充滿意義的人，也就脫離了「好」之所以是「好」的條件。

失去核心價值的「好」，仍然是「好」嗎？

一個以狀態為目標的追尋之所以有價值，是因為如果要實現它，就必須持續地做該做的事，努力的使自己維持在想成為的樣子。為了確認好的狀態不只是孤立自己的虛妄，一個人必須回到他自己的生活，與人連結，賦予其深邃的意義。必須實踐某種狀態，而不只是完成大大小小能夠在清單上打勾的事。

我明白得很，或許此時在你眼中的，只是一個努力在為自己立場辯護的傻子。如果真是這樣，我也束手無策了，因為除此之外，我已經不知道該怎麼做才能更公平地對待自己。

只要今天的我無怨無悔地喜歡現在我所做的一切，就代表至少在今天，我持續以一個我想成為的樣子活在世界上。一旦我努力的完成了一個好的演員該做的事，對於這樣的我，實踐中的我，狀態中的我，哪怕滑稽又狼狽，依然值得驕傲，相信你也是。

不，無論你相不相信，你都是。

付出了這麼多努力，
才確認了自己的侷限，
成了現在滑稽又狼狽的樣子，
難道不值得引以為傲嗎？

最後一份驕傲

幸好我缺乏安全感

「娛樂圈的誘惑比較多，你不會有受到誘惑的時候嗎？」

「會，我承認我會。」

「這樣不會讓交往的另一半沒安全感嗎？」

「老實說吧，我也會因為另一半對我的工作環境沒安全感這件事而感到沒安全感。」

「所以你認為自己是缺乏安全感的人嗎？」

「是。」

「那會對你造成什麼困擾嗎？」

「不會。」

這次訪談的內容，算是相當典型的娛樂圈話題。我總是不知道該在什麼時間點切換角色，扮演一個讀者期待的應答者。或許我該說一個戀愛經驗中，缺乏安全感而造成風波的小故事，或是裝做說溜嘴地影射某個誘惑對象，填滿大家的想像空間。

「缺乏安全感會對我造成什麼困擾嗎？」一瞬間我完全出神了。不是第一次發生這種事，對方編輯的聲音愈來愈遠，輪廓也愈來愈模糊，那當下的我像是緊抱著一個想法就不顧一切往反方向奔跑的人。

「缺乏安全感會對我造成什麼困擾嗎？」實際上缺乏安全感不應該對我造成什麼困擾，對我造成困擾的很有可能是其他原因。畢竟「天生缺乏安全感」在當代的文化脈絡之下，已經廣泛地被用來替代「我不知道我該做什麼或不做什麼，來避免遭受失去」，對「安全感」感到匱乏而有所追求是人之常情，不一定是個有待解決的問題。真正必須思量的問題是如何看待對於安全感的追求，以及用什麼方式追求安全感。

一派主流的心理學研究告訴我們，追求安全感是人類的天性，就像馬斯洛（Abraham Maslow）的需求金字塔告訴我們的那樣，安全感的需求僅次於生理需求。於是，我們先是本能地追求安全感，接著發現這個追求難以恆久滿足，一部分未滿足的人，就開始認為自己「缺乏安全感」是個有待改進的缺陷。

同樣屬於人類的基本需求，為什麼我們對於「缺乏安全感」不像對待「缺乏飽足感」那樣，吃飽了還是會餓，餓了再想辦法找食物吃就好。「飽足感」這項需求本身不是問題，為了滿足飽足感而對食物有所追求也不是問題。問題很可能出在我如何看待自己缺乏飽足感這件事，以及我用什麼方式去滿足飽足感。

假如我懶得運動，又想減重，對於滿足飽足感這件事逐漸產生了罪惡與厭惡的感受，甚至導致厭食症，影響了健康。這就是我在如何看待自己缺乏飽足感這件事上出了問題。

而一旦感到飢餓，我就暴飲暴食，沒有控制在身體所能負荷的食量，造成消化系統的負擔，甚至把冰箱裡室友預留的晚餐給一舉消滅，造成他人的負擔，就是滿足飽足感的方式出了問題。

缺乏飽足感是自然的天性，人類必然的需求，無法總是被滿足其實很正常，但是缺乏安全感怎麼就被貼上了負面標籤？

你可能會說程度不同，有些人就是不容易缺乏安全感，相較之下，時常因缺乏安全感而產生的焦慮感受就是不好的狀態。我們確實也不能否認，在某些案例中，因需求無法被滿足的壓力長期影響了內分泌系統，或是內分泌系統異常而影響了心智運作，需要依靠藥物控制，但除了嚴重到需要醫療專業介入的情況之外，我們還是有機會藉由深刻地理解，撥去層層人性需求的迷霧，找出既符合社會文化脈絡，同時滿足需求、安頓需求，或至少與需求和平共處的合適方案。

這樣想起來，為了照顧好這份需求，必須耗費我們大量的心力。它難道沒帶來任何好處嗎？如果今天有一個完全不會感到缺乏安全感的人，也就是說，他不會對安全感有所追求，那會是什麼情況？

安全感，追求的是避免失去。儘管我們知道所有的事物都無法恆久擁有，包括自己的生命；甚至更有智慧的人領悟到一切原先都不是自己的，所以也就沒有所謂的失去。我們心中依然難免地升起一股渴望，使我們去避免，或至少是延後這份失去的到來。

之所以會有追求安全感的念頭，就代表我們有所想望，有所喜愛，也因為我們深知彼此的脆弱與限制，所以渴求相互依賴、相互延伸。

如果世界上每一個人都不需要別人的幫助，我們根本就不會想要和任何人聯合，締結打造超越個人的文明；如果一個人心中沒有任何需求和喜愛，他當然不會害怕失去，也沒所謂缺乏安全感這件事。聽起來無比強韌，但是仔細去想，那有什麼樂趣可言呢？

盧梭（Jean-Jacques Rousseau）在《愛彌兒》裡說過，沒有任何需求的人是不可能對什麼東西表示喜愛的，我想不出一個對什麼都不喜愛的人怎麼能過著幸福愉快的生活。

從這個角度來看，從缺乏安全感到對於安全感的追求，這個過程竟然是幸福感的部分來源，就如同飢餓能使食物特別美味一樣。一個從未對安全感有所追求的人，是個毫無喜愛之心的人，他很可能正過著如機器人一般索然無味的人生，這樣真的有比較好嗎？

呼，幸好我還會缺乏安全感。

／

回到最初的思量，為了滿足對於安全感的需求，對於它的本質，我們願意花多少心力去理解？只有理解它，它才不會輕易被當成逃避責任的理由。當我不再將「缺乏安全感」阻擋在一切思考面前，更寬廣的思路才會為我開展，原先晦暗難解的迷霧，才有機會變得清晰。

為了滿足對於安全感的需求，我們用什麼方式去追求？我們做出了什麼行動？而這項看似能立即滿足需求的行動，實際上會讓我們更加靠近還是遠離自己所嚮往的好生活？

在一段關係上，最初的追求想必是希望藉由彼此精神上的交流，相互依存而提升生活品質。不過一旦認為自己缺乏安全感就草率做出了超過對方所能承受的作為，未能拿捏好需求與追求之間的平衡，就是簡化了生活的複雜性。

如果沒能恰如其分地正視這份複雜性，對方就會因為我對於安全感的追求而被愈推愈遠，同時，我也親手將自己內心嚮往的生活給埋葬了。

或許直覺上來想，這其中有一些古怪之處，難道在一段關係之中我們只能小心翼翼地維持平衡，甚至容忍對方做出破壞彼此信任的行為嗎？

我想，這些不難想像的困境也含括在生活的複雜性之中。生活不只一個向度，除了人與人關係之間的平衡，也包含了現實與理想生活之間的平衡。該做什麼樣的取捨，我們必須負起全盤思量的責任，問題的根源可能錯綜複雜，超出我們現有的能力範圍。

但是無論如何，這都不會是「缺乏安全感」的問題。

二〇二〇年七月期的表演課，
講課時的花絮。

利誘自己

「你一直逼自己做許多事情，不覺得這樣活得很累嗎？」

「不會累啊，這樣其實很快樂。」

為了不想被解讀成嘴硬死撐的勉強答覆，我認為有必要全盤性地去思考這份快樂從何而來。

當你用「逼」這個字時，我腦中浮現一個畫面——一個人把自己一分為二，其中一個理想踏實的人占了上風，正鞭策著另一個鬆散的傢伙。

我想我並沒有一股莫名強大的意志力好讓理想踏實的那一面占上風，面對狡猾的自我，自律的道德律令多半是行不通的，我們總是能找到方法鑽漏洞。

與其「逼」自己，不如「利誘」自己。

以快樂作為報酬，利誘自己。如同探險家在說服投資客那樣，他會在攤開的藏寶圖前沙盤推演，評估寶物的價值，定下航線。真正能蒐羅一切珍寶的往往不是自律的船長搭配懶散的船奴，反倒是探險家與投資客的組合，同樣是追尋，但後者的優勢在於兩人的目標一致。

一旦少了潛藏的寶藏，投資客不可能贊助探險家。所以，找出值得擁有的東西更是最重要的事。

／

什麼東西值得擁有呢？擁有什麼東西會使人生美好呢？

樂趣值得擁有，金錢值得擁有，工作值得擁有，友誼值得擁有，嫩煎雞胸肉佐青醬義大利麵甚至亦值得擁有。不過也有些東西是沒有比有還好的，一如我們總希望擁有更少疼痛，更少憂慮，更少紛爭等。

值得擁有的寶藏大致上可分為兩類，第一類是工具性的寶藏，它們的價值來自於它們所造成的結果。例如拍戲可以給我帶來金錢，金錢是拍戲帶來的結果。金錢為什麼值得擁有呢？因為金錢可以讓我吃大餐，這時一頓大餐是金錢帶來的結果。而一頓大餐為什麼值得擁有？因為享用大餐的同時我感到快樂。顯然，這裡的快樂是一頓大餐帶來的結果。

但是，「快樂」為什麼值得擁有呢？追問到這裡，我們就再也無法往下探究原因。這個時候，就出現了另一類本質性的寶藏。我們可以說，快樂本身就是一個值得擁有的東西。快樂的價值就在於它本身，這類的寶藏本來就值得擁有。

仔細一想，生活中的追尋大部分都屬於工具性的寶藏，它只是一種手段，追根究柢是為了尋求快樂或其他本質性的寶藏，像是發揮創造性、友誼、成就、愛等等。再探究下去，又可以發現，大部分本質性的寶藏都脫離不了人。

一個在飲食節制上毫不費力的人，或許很清楚自己正追尋的是健康、成就，甚至親密關係的品質；一個在學習上總是充滿幹勁的人，不是因為他隨時都在逼迫自己，而是他真的花下心力去思考自己追尋的是什麼，在這條道路上可能遇上的樂趣有哪些，未來可能獲得的本質性寶藏有哪些。

會覺得累或感到無力，多半不是來自於性格上的懶散或是其他負面的標籤，而是不知道自己正在追尋什麼。再精準一點，是沒有確認自己所追尋的本質性寶藏是什麼。

知道自己正在追尋，不等於知道自己追尋的是什麼。

雖然我們經常不大確定自己是不是真的喜歡某些事物，但我們還是可以透過思考去辨別這些事物背後實際上蘊含的本質性寶藏。

我想，之所以做了這麼多事而不覺得勞累，就是因為這些事情為我帶來快樂，或是在做這些事情的過程中，可以滿足我對於在未來即將獲得本質性寶藏的期待。

你可能會說，我一直都很清楚自己想要成為什麼樣的人，錄取什麼樣的學校或工作，存錢買到什麼樣的物品，但就是缺乏動力，對於龐大的付出感到疲憊。

這個時候，你心中的探險家如果能引導興致缺缺的投資客，讓他往前一大步去發現這趟追尋的本質，它是工具性的寶藏嗎？如果是的話，它又是為了達成哪一項本質性寶藏的手段？達成這個本質性的目標只有眼前這一條路嗎？當初又是誰告訴我們必須走上這條路？他又做了些什麼，讓我們對此堅信不疑？

這時你踏上的，就是利誘自己的旅途了。

如同探險家說服投資客那樣，

以快樂作為報酬，利誘自己。

時間是拿來幹嘛的？

「啊，全世界的時間都暫停了。」我喟嘆。

當然，時間怎麼可能暫停？暫停的只是我心中的計畫。肺炎疫情讓計畫一下子無期限地延後。你苦笑著為我打氣：「時間全回來了，你可以好好休息了。」

當你說「時間全回來了」，代表它曾經離開或是不在這裡。時間離開又回來，代表什麼意思呢？

又當我說「沒時間休息」的時候，不是指我正要休息的時候，時間突然不見了，而是指我的注意力因為各種原因被迫落在其他事物上，導致「休息」這件事不斷被延後。

所以當你說：「時間全回來了，你可以好好休息。」代表的是這些將休息延後的各種事物目前已被排除，現在我的注意力有機會回到休息這件事上。

這樣一想，「注意力」才是關鍵，說不定時間打從一開始就沒有離開過，並且永遠都在。你的一天有二十四小時，我的一天同樣有二十四小時，差別只在注意力的多寡以及分配。離開又回來的不是時間，而是我們的注意力。那麼，平常我們所說的「時間」又是什麼呢？

／

直觀地想，秒針繞了十圈是時間，代表十分鐘；撕下日曆是時間，代表一天。五號領薪水是時間，代表一個月。但是，法國的學者柏格森（Henri Bergson）說那不是時間，他認為那只是「空間化的時間」。

柏格森認為，人類所能意識到的時間多半只是空間造成的錯覺。就像演員在拍戲時常會有「現在的家」和「二十年前的家」的場景差異，執行上不可能真的隔了二十年才拍攝，實際上美術指導只需要半天至一天，就有辦法施展魔法，讓空間呈現二十年前的時間感。我們對於時間的意識，多半是由「空間的變化」所產生的。

想想牆上時鐘的滴答、窗外天色漸暗、老家的屋簷逐年斑駁，許多空間的變化都暗示著我們時間的流逝。假設我們生活在一個沒有鐘錶並且與外界隔絕的山洞中，真的能辨識出時間嗎？

所以，與其說我們意識到了時間，不如說我們是透過空間而認知到時間，這就是柏格森所說的「空間化的時間」。他認為人類的意識太容易把時間和空間的概念囊括在一起處理，才導致我們無法辨別出真正的時間。那麼，什麼才是「真正的時間」？

或許，「綿延」才是真正純粹的時間。

柏格森舉了一個調製糖水的例子，在調製糖水時，不管再怎麼急都沒用，還是必須等到砂糖溶解才行。在等待的時候，我們可以體驗到一種「我感到有些焦慮」的時間，這種體驗就是真正的時間。他給這個時間取了一個新的名字，叫做綿延。

所以，綿延就是一個人可以體驗到的真正的時間，它不是因為空間變化而讓人產生時間感，也不是鐘錶上刻著的、可以量化的時間。

真正的時間不是數字概念，而是一種體驗。

由於每個人的感受不同、體驗不同，所以綿延無法被量化。同樣一堂數學課，對於一位認為數學枯燥乏味的學生，與一位愛上數學老師的學生來說，所體驗到的時間將是天差地別。同樣是一小時的「量」，綿延的「質」卻明顯不同。

這個觀念我們早就很熟悉了。旅遊、約會，快樂的時光轉瞬即逝。等待成績放榜、等待下班，無聊、焦慮的時間總是漫長。

到目前為止，關於時間，我們知道的是：第一，時間一直都在，你和我所擁有的時間一樣多，差別只在於注意力的多寡與分配；第二，時間分為可以被量化的「空間化的時間」以及無法被量化的「綿延」，綿延屬於時間的質，而非時間的量。

所以，沒有任何人會「沒有時間」，大家都有一樣多的時間，端看我們把注意力放在哪些事物上。我可以說當一件事物被我們的注意力所照亮，它瞬間就擁有了時間。相反地，當一件不重要的事物攔阻了我們的注意力，我們也會感到在更重要的事物上失去了時間。

如果你也和我一樣厭惡失去時間的感受，那麼為了奪回失去的時間，就必須更有意識地察覺自己的注意力跑去哪。找回注意力，就等於找回了時間。

不過，就算我們能夠把注意力全部投注在自己認為重要的事物上，還是有可能落入「空間化的時間」陷阱，誤認充分且有效率地運用時間，就等於善用時間。

下班後去進修儘管辛苦，但是為了升遷機會，為未來鋪路，這樣算是善用時間吧？學瑜伽、繪畫、潛水，安排讓生活多采多姿的活動算是善用時間吧？以閱讀來充實自我算是善用時間吧？

這些都是不錯的想法，難以取捨。但是如果我們加入「綿延」這個概念去思考，關鍵或許就不在於做什麼事情才是善用時間，而得要倒過來問：「在做這些事情的時候，時間是什麼？」

做這些事情的時候，時間本身帶給我們的體驗是什麼？

光是以自己認為好的事情度過一小時，不見得代表善用時間，只說明了我們把時鐘上的刻度給填滿了。假設我認為學英文是有益的事，於是我每天花時間去補習班。到目前為止，我獲得的只是一種把時間好好利用了的良好感覺。之所以會感覺良好，無非是因為大家都認為學習英文益處多、會英文能增加競爭力。

但是如果我能更進一步去思考「在學習英文的時候，時間是什麼」，說不定我能體驗到時光飛逝，因為我正和說著不同語言的朋友更深刻地交談，並為此感到快樂；也說不定我體驗到的是漫長且枯燥的時間，因為補習班的教學模式並沒有讓我對學習語言感到樂趣或擁有充實的滿足感。

如果沒有主動覺察時間在我們身上所帶來的體驗，就等於失去了甄別時間的品味。只知道如何滿足時間的「量」，品不出時間的「質」。

／

接著，我們可以嘗試更進一步的追問，為什麼必須善用時間？也就是說，時間本身是拿來幹嘛的？

追根究底，善用時間正是為了追求更好的生活。因為生活是由時間所構成，於是我們直覺地認為，只要讓有益處的事物充滿於時間內，生活也會跟著好起來。

我們學會了使用番茄鐘管理法來量化自己的時間，也採納了教人切割時間以增加效率的工具書。為了追求更好的生活，我們學會在最短的時間中達成最多的目標，讓好的事情充滿所有的時間。我們因此成為了善用時間的專家，但為什麼仍然感受不到「更好的生活」呢？

這樣看來，有益處的事情不完全等於好的體驗，善用空間化時間的專家也不一定等於善用時間的專家。

生活確實是由時間所構成，但不只由空間化的時間所構成，還包括了綿延。綿延不是刻度、不是行事曆上的排成、不是可以被壓縮的計畫，綿延是時間本身可以被體驗的向度。

綿延是涓涓細流，也是驚濤駭浪，是交響樂，也是雷鳴。綿延是在你身上刻下真切體驗的時間，是時間的「質」，是一份讓你覺知到時間感的品味。

誠然，一個人就算沒能覺察到綿延，照樣能過上一輩子。如果他能將自己的注意力放在自己認為重要的事物上，而不被其他不重要的事物干擾，我們甚至可以說他過上了品質還不錯的一輩子。不過，一旦輕忽了時間的質而過度專注在時間可以被量化的部分，他就必須冒著白忙一場的風險，更可能將好生活愈推愈遠。

我們都不希望在自己的人生中突然意識到：「啊！這二十年來我都在自己不喜歡的體驗中度過。」

為了避免迷失在狹隘的時間向度中，我們提出疑問：「當我在做這些事情的時候，時間是什麼？」

「啊，全世界的時間都暫停了。」

時間是拿來幹嘛的？

重點是能夠累積的

「啊！怎麼是經濟學，這種時候是不是應該要拿出與演員相關的書才對？」專訪中，記者請我和讀者分享現在隨身攜帶的書。

「沒關係，你覺得演員和經濟學有沒有一些連結？」

「好像不只是演員，所有我們追求的東西都和複利曲線脫不了關係。」複利曲線的特色，就是一開始好長一段時間貼緊著地面，看不出太大的斜率。不過一旦過了某個時間點，也就是反曲點，曲線就會顯著的上揚。只要是能夠累積的東西，都會產生複利效應。

所以重點是「能夠累積」。我是演員，我總會想自己能夠累積的是什麼？觀眾能夠累積嗎？或許可以，但也許只是錯覺。因為自己同樣身為觀眾，我知道觀眾對於演員的記憶是隨著戲劇的熱度而波動，同時也隨著演員的外在狀態而改變自己的偏好。

總是有更漂亮的男孩與女孩浮出檯面，也總是有不再漂亮的男人與女人消失在聚光燈邊緣。

觀眾可能不大能累積，更準確地說，觀眾的累積不能倚靠注定貶值的外在條件，外在條件無法造成複利效應。那麼，我只剩知識與專業這兩個選項可以努力。知識與專業是能夠累積的東西，而所有能夠累積的東西都能產生複利效應。

此外，複利效應是對我們最公平，同時也是最嚴厲的東西。

無論一位演員家裡有多少財富、後台有多硬、金主願意提供他多少演出的機會，當要他拿出能夠累積的真東西時，沒有就是沒有，搞砸就是搞砸。就算他看起來有，也是假的有，自欺欺人的有，不值得讓人敬重的有。

這個世界上，無論什麼都有成本。生活有成本，學習有成本，獲得尊重有成本，就連讓喜歡的對象喜歡自己也要付出成本。所有你對我說過的加油，以及我對你說過的一起努力，都只有在突破成本線之後才會開始有它真正的意義。

在這之前，都只是掙扎。

大部分的人在還沒突破基礎門檻之前，就停止了掙扎，這等於在自己與複利效應之間築起了高牆。想必一定有人會說，何必那麼痛苦地說成掙扎，過程一樣有意義，所謂過程本身才是真正的意義不是嗎？

我部分認同，因為我自己也喜歡「過程本身才是真正意義」這樣的說法。它聽起來讓人安心，彷彿每一步都是必然，都是成長，都是養分。但是如果不仔細地檢視這個說法，它便很容易會成為一個自我欺瞞的好理由。

為了不讓這個說法淪為自欺欺人的漂亮說詞，我更多的認同是：「撐過了成本線之後，過程才開始有它真正的意義。」

不過，倒也不是說任何一件事情都必須掙扎到底，相較於人類短暫的生命，有些事情的成本線確實遙遠。如果什麼都想追求，時間與心力就會被分散。要是什麼複利效應的甜頭都沒享受到就離開了，聽起來也是莫名地不理智。所以，埋頭掙扎的信念也必須時不時拿出來質疑一番，以免被俗世的價值觀綁得太死板。

即使，大部分的人都會讚賞判斷錯誤的堅持，很少人會讚賞判斷正確的放棄。

就演員的身分來說，我確實還在複利曲線的成本線之下掙扎。我會的東西原本就不多，原先擁有的某些優勢正在失去。但也正是因為這些失去，我意外發現了那些不那麼容易失去，甚至在我們生命終止之前，能夠不斷累積的東西。

如果你和我一樣，在這路上認為自己的努力與成長不成正比，不確定自己是不是離目標更近，或只是在原地踏步。先確認自己投入心力的項目是跟隨潮流，還是真正能夠累積的；是注定不斷流失價值，還是能產生複利效應的。

如果走在複利曲線上，就不怕了，代表我們只是還在成本線以下掙扎，真正讓我們秉持信念的就是那看起來漫長，但實際就快到來瞬間。總有一天，我們會回頭看著自己正躍過的成本線，揚長而去。

複利效應是對我們最公平，

同時也是最嚴厲的東西。

請問，我該如何克服恐懼？

這是我最常被問到的問題了，讓我想起演戲時，「身體所感受到的憤怒」和「憤怒的表現」是不同的兩件事。

憤怒、悲傷、喜悅這些情感，它們能夠對外顯現的，除了實際的身體表現外，就只可能是我們對於這些情感所做的詮釋。

憤怒的表現，本身就已經摻入了對於「憤怒」這種情緒的反思。是一種部分刻意的展現，由我們決定什麼才是適合顯現出來的表象。於是，同樣濃度的憤怒感受，我們在職場上、在親密關係中，甚至在空無一人的沙灘上，表現的方式都不同。

這種刻意決定什麼該顯現、什麼該隱藏的特質，似乎也只有人類才擁有，人類會以行動和言語來呈現自己希望對外顯現的方式。

這樣對外呈現的傾向，讓我想到勇敢與恐懼之間的關聯。恐懼本身是一種維繫生物生存不可或缺的情緒，沒有它的警告，任何生物都無法長存。一個勇敢的人，不是因為他欠缺恐懼這種情緒，也不是因為他永遠征服了恐懼的情緒，而是他決定恐懼並不是他想顯現的情緒。

由於只有人類才會有自我呈現的能力，所以勇敢這個詞彙只會發生在人類身上。我們不會說蜜蜂為了保護蜂巢犧牲自己是勇敢，因為牠別無選擇，完全是依照牠的生命程序而行動，即便是面臨一百次相同的情境，牠都會毫無猶豫地做出相同的行動，而人類不是這樣的。

人類有所選擇，在受到恐懼警告而退避之前，我們可以選擇了以勇敢的姿態對外顯現。

當然，一個人為何選擇勇敢的姿態，也取決於很多因素，可能是因為生長環境的文化脈絡使然，可能他在爭取被某人或廣泛的世人所愛，也可能他是為了給誰一個榜樣，為了勸服他人也欣賞自己所喜愛的某種人格特質而展現出的美德。

想到這裡，我再次回應自己最常被問到的問題：「請問，我該如何克服恐懼？」我想答案會在「為何我要克服恐懼？逃跑不好嗎？」、「勇敢與恐懼之間的關聯是什麼？」、「勇敢的本質是什麼？是什麼東西促使人必須追求勇敢？」這些問題裡面。

一個勇敢的人，不是因為他征服了恐懼的情緒，

而是他決定了恐懼並不是他想顯現的情緒。

請問，我該如何克服恐懼？

接受悔意，負重遠行

「如果你不小心知道了身旁一個親近的人得了絕症，你會答應他的要求，不讓他的家人知道，讓他獨自走上不治之路嗎？」

我相信，無論你是選擇會或不會的人，都有好的理由支持你的選擇。在這道茶餘飯後的假設性問題，我的選擇是尊重當事人所做的決定，我認為對於一個人最大的尊重，就是尊重他如何面對生命。

「請你遵守爸爸和你的約定，其他事情對媽媽、弟弟絕不可透露，這是我對你完全的信任。這段時間家裡擺了一些療法食材比較亂，你沒事暫時不用回家，有事彼此訊息互通便可。」

訊息顯示為已讀，我沒有回應，或許因為當時的我很生氣。以上是父親和我，在通訊軟體上的最後一頁內容，之後就再也沒有了。

說來可笑，這道無聊又缺乏建設性的絕症問題，就發生在我身上。在現實生活中，如同假想練習那樣，我選擇尊重他的決定。

但是，在我從父親意外驟逝的震驚中漸漸回神過來後，鋪天蓋地的懊悔與自我質疑席捲而來，一度把我逼到了崩潰邊緣。一個被告知生命終點即將來臨的人，他的判斷真的是他由衷的希望嗎？他難道沒有可能是因為腦袋被病症搞糊塗，而暫時選擇疏離自己的家人？說不定他只是一時不知道該怎麼回應這道生命課題，而支持他這麼決定的我，豈不代表我也站在死神與病魔那一方？如果我當初不支持他的決定，會不會我們全家人還有機會再一次圍成圓桌，好好吃一頓飯，好好地道別？

每當我在腦中幻想全家人圍坐在一起向彼此道別的畫面，就忍不住對自己所做的一切感到憾恨、後悔。儘管當時我已經做了最符合自己信念的抉擇，事後還是不斷重溫事情發生的經過，以為在過去的某個時間點、在另一個平行宇宙，自己能做出不一樣的抉擇，產生不同的結果。

我實在是非常懷疑那些說自己不曾感到後悔的人，怎麼可能呢？如果說沒什麼事情好後悔，或許只是因為我們根本不願意承認自己的錯誤。過去，我常告訴別人：「不要執著在過去發生的事，過去就過去了，操心於無法改變的事實只是浪費時間，不如把握當下我們所擁有的。」現在看起來，自己這番幼稚的觀點顯然是過度簡化了所有和人有關的事物。在大多數的情況中，只要我們感到後悔，就會想改變。許多錯誤可以補救，例如某個人辜負了一段友誼，若想要彌補，他首先必須為自己的行為表達深切的悔意。

但今天發生在我身上的是永遠無法改變的錯誤。如果我能像個真正的家人該做的那樣，像父親小時候讓我跨坐在他肩上去挑零食與玩具那樣，一手將深陷心靈危機的父親拉回餐桌前，事情或許就會完全不同。

確實，懊悔可能讓人耽溺於痛苦的思緒，既不能補救，也無法讓自己更好，但是我不希望因此安慰自己這都是命運的安排，或用其他自欺的方法來消除內心的懊悔。無論結果是否能補救，如果要為自己的行為負責，屬於我的課題則是：該用什麼方式來承受這份懊悔？

我們無法改變已發生的事情，這是事實沒錯，但並不代表我們沒有任何責任。身為一個合格的道德生物，責任是關鍵；如果欠缺責任感，我就不會在乎今天自己因為麻木、冷漠與自私所造成的遺憾。我想，如果一個人只對自己能補救的錯誤有責任感，無法挽回的過去就讓它輕易過去了，那將會嚴重削弱責任一詞的意義。

或許，對於自己無法改變的錯誤，帶著歉意活著，就是我應該付出的代價。懊悔，作為一段生命無法迴避的狀態，它同時也是一個人能真正活在當下的先決條件。米蘭．昆德拉（Milan Kundera）在《生命中不能承受之輕》提及：「人生只有這麼一回，無法拿來跟前世比較，也不能等到來世再去改善它。」

現在回頭看，我們總是能知道當時一定會做錯選擇的原因，就算再回到過去一百次，憑藉當時有限的認知與條件，還是會做出一百次相同錯誤的決定。但是，這份懊悔也會讓我們在未來以完全不同的角度看待事情，留下與過去截然不同的生命軌跡。

我啊，真的無法再迴避了，什麼「過去的就讓它過去」、什麼「一切都是命中註定，你不要太在意」，根本不是這樣。愈迴避悔意，只會讓人愈困在當下，而不是活在當下。它讓人無法直視過去，並且與未來斷裂。

我想，一個人如果要能真正擁抱當下，他就必須認知到過去任何一點錯誤與改變都可能影響生命發展的方向。活在當下，不代表生命輕如鴻毛，就算輕，那也是生命中不能承受之輕。

我由衷地希望自己能負起責任，帶著歉意活下去，勇敢地接受懊悔，而不將它掩埋。

懊悔固然有它的重量，因此生命是一場負重遠行。然而，負擔愈重，我們就愈貼近地面，生命的痕跡也就愈加寫實。

活在當下，

不代表生命輕如鴻毛，

就算輕，

那也是生命中不能承受之輕。

輯二

TAKE 2

演員的　　獨角戲

挾著劇本，我一直走。
之所以一直走，是因為擔憂的時候必須移動，
待在原地會讓靈魂痛苦不堪。
後來我便知道了，憂慮時先移動再思考，
邁出步伐，讓移動照顧好你的靈魂，
靈魂才會照顧好正跨出步伐思考的你自己。

讓角色靠近自己

「好的演員，演什麼是什麼。」大家都這麼說。

但是，演員沒辦法演什麼就「是」什麼。演員實際能做的是找到自己與角色之間的關聯性，使自己靠近角色的同時，也讓角色來靠近自己。所以，每個角色都還是我，但是每個角色也不全然是我，他們是我在現實生活中沒有被實現的可能性。

當我創造出一個角色，在我喜愛他的同時，也憂懼被他創造出來的我。顯然某些角色已經越過了一個人格特質的邊界，而回到現實生活中的我，只能繞道而行。

我想，無論我們是不是演員，這條可能被跨越的邊界，都是吸引人的。

期待能成為與自己截然不同的人，是每個人心中最深刻的願望。當我們開始幻想著不一樣的自己，就代表我們被邊界另一頭的可能性吸引著，也只有在邊界的另一頭，生命所要追問的神祕事物才會開展。

當我對自己說「希望能像他那樣交朋友，社交生活精彩可期」，或是「希望能像他一樣靜下心來，從閱讀中獲得樂趣」，我們腦中想的其實是「變成他」，以他現在的樣子做為想像的模板。但是無論我們如何努力，世界上沒有人可以真正變成另一個已經存在的人，於是這些希望注定招致失望。

又或者，我可以像演員一樣思考，把對方當成一個「可以被演出的角色」。他的思考及行為模式只是「我在現實生活中沒有實現的某種可能性」，就如同演員無法真正變成殺人犯，只能演出「如果我是殺人犯，會是這樣或是那樣」，演員試著讓「殺人犯」的行為思考模式來靠近自己，而不是徒勞地認為自己只要努力就能變成一個殺人犯，更糟糕的是，催眠自己就是殺人犯。

再來，為了試探自己能靠近角色的可能性，我們必須嘗試做出某些自己能接受、也在社會可接受範圍內的實際行動，再由這些行動去揣摩這個角色可能歷經的心境波折。例如我聽過一個朋友分享，他飾演的殺人犯是個有正常社交生活與職業的人，一不小心在肢體衝突中致人於死。於是這名演員就實際安排了一週，把豬肉塊用黑色垃圾袋分裝放在冰箱，再挑一個日子把它們載去山上試著掩埋，記錄這一切行動在心境上的微妙經驗。

實際行動對思考方式的影響力遠比我們所想像的強大許多，跨出一步去做目標角色會做的事，我們馬上就會有不一樣的感受。不是說馬上就能變成目標角色，而是可以知道那是什麼感覺，和自己原本所預想的落差有多少。如果今天我就是他那樣的人，會是什麼樣子？如果今天他就是我這樣的人，會是什麼樣子？兩者之間的交集大概會在哪裡？

換個方式想像生活裡的情境，如果我是善於結交朋友的人，那會是什麼樣子？屬於我的版本的社交圈會是什麼樣子？如果我是偏好安靜的人，那就不該期待這裡充滿喧鬧熱情的朋友。我們說「跨出」舒適圈而不說「拋棄」舒適圈，就是因為至少還要有一隻腳勾得到舒適的邊緣，讓已經擅長的東西幫助我們與新的東西融合。

例如我自己不太會找話題與新朋友建立關係，但是我會跳舞，節奏是我的舒適圈，於是在社交舞的練習中，我有機會認識來自各行各業的新朋友。接著，我實際行動，邀請一起跳舞的新朋友們一起聚餐，儘管不知道聊什麼，但聊聊食物和跳舞，說不定這就是屬於我的版本的「社交生活精彩可期」。

與其耗盡心力地使自己成為另一個角色，不如藉由實際行動去探索邊界另一頭的可能性，找到角色與自己之間可以被演出的支點，讓角色來靠近自己。

演員不見得有辦法演什麼是什麼，但是好的演員在試圖靠近角色的同時，一定同時設法讓角色靠過來像自己。與其讓自己成為角色，不如讓角色成為自己。

找到角色與自己之間
可以被演出的支點，
讓角色來靠近自己。

我把我拆了，你把你拆了

「以前教課練舞的時候好快樂，大家都只想著讓自己的團隊變強，其他的一切好像都不重要。」

說這話的人叫Jingle，十年前我們組了一個舞團，在中正紀念堂、國父紀念館、新生高架橋下這些街舞人出沒的地方都很容易遇到我們。十年後，他正在吧台內為我製作特調，我坐在吧台外的高腳椅，對他的藝名感到疑惑。

「以前是很快樂，只不過，為什麼你改叫Jingle？Jingle不是一個英文名字吧？Jingle是叮叮噹噹的jingle bell欸！」

「因為我想紀念我的奶奶，她叫我『鈞哥』的時候都有口音，很像

jingle。雖然我說紀念，但我奶奶其實還活著喔。」

真好，與老朋友聊天就是能如此暢所欲言，因為能踩的底線過去都踩遍了。

／

以前真的有比較快樂嗎？不見得，要是認真回想起來，專屬那時候的憂慮也是一大堆，只不過以現在的理解回去看，根本算不上什麼大事。時間總有辦法確保美好的回憶依舊美好，同時悄悄地替換不怎麼美好的回憶，讓它變得可愛。

照這個邏輯推想，現在的日子也應該是快樂的，現在的煩惱用十年後的理解看回來，或許根本沒什麼。而現在讓我感到窘迫的經驗，在未來也將變得可愛。

我在想，如果想要知道十年後的自己會如何看待現在的自己，最好的方法，就是仔細地回想十年前的自己。一旦我開始認真地想像十年前的自己，他就愈來愈不像我自己。他像是另一個完全不同的人，是獨立於我之外的存在。

為什麼十年前的自己像是另一個人，昨天、前天、上個禮拜的自己卻感覺還是同一個人呢？

雖然我們都同意人會不斷變化，只要歷經的時間夠長，難免會有一種換了個人似的錯覺。我要怎麼知道「過去的我」和「現在的我」是同一個我呢？如果是，那為什麼會有疏離感？似乎過了一個分界點，我們就會對過去的自我感到陌生，並且對那時的價值觀、喜好、交往對象或自己曾說過的話感到尷尬。

會有這樣的疑問，其實也是當我們反思過去曾做過的決定，或正面臨一項未來可能會後悔的抉擇時可能會出現的想法。「當時我怎麼會那樣想呢？」、「現在的我已經完全變了嗎？是變得更好還是更差呢？」如果我能了解「過去的我」和「現在的我」之間的關係，是不是就能避免這些

價值觀上的斷裂與疏離？

哲學家休謨（David Hume）在《人性論》中有一段著名的論述，他認為當人用最深刻的方式進入稱為「我」的部分時，總會被某些特殊的知覺或是其他東西給牽絆，像是熱與冷、光與暗、愛與恨、痛苦與壓力等等。人沒有辦法捕捉到不受知覺牽絆的自己，人的知覺只有在熟睡的情況中才能完全消失，但是那個時候完全無法感受到「我」，於是休謨很確定地說「我」並不存在。

休謨的群束自我理論就是指——「我」不是擁有思想和感受的單一實體，它更像是彼此相關聯的思緒與感受本身的集合體。

原來，「我」其實就是一連串的心理聯繫與情感連結。而這些心理聯繫和情感連結是連續性、不斷變化的。小時候看過的東西和現在再看到感覺會很不一樣；現在的自己和十年後的自己想必也會非常不同，但是一樣有聯繫，只不過十年的間隔比較遠，聯繫也就相對較淡。

當我們把把包裝在外面的「我」拆了，就不會去在意小時候的我為什麼和現在不一樣；或是當我們突然發現自己現在走的路和十年前的夢想相差甚遠，也能夠理解自己的轉變。少了「我」的外殼，它們就只是一組又一組的心理聯繫以及與他人的情感連結，僅此而已。

當別人說你變了，和以前不同了，你會關注自己和對方的情感聯繫是否依然緊密，還是早已疏遠；而不是瞎操心自己怎麼會變了，或自己變得不是自己了該怎麼辦。

很多時候，當別人說你變了，變得與過去的你不同，並不是指你不再是你。相反地，你依然是你，更準確地說，你只是一連串的心理聯繫，以及與對方的情感聯繫。

當自己與對方的情感聯繫不再緊密時，對方就無法理解為什麼現在的你會是現在的樣子，這會讓對方產生一個錯覺：「天啊，你變了！」但事實上並沒有這麼大的戲劇張力，不過就是你們疏遠了，如此而已。

有趣的是，當我一路從「過去與現在的關聯」思考到「我的本質」，最後來到此時此刻的當下，竟然對於「活在當下」有了另一層的想法。

當我們說「把握今天，活在當下」，通常是在提醒自己，好好充實當前這天的生活內容，並且將注意力放在眼前值得關注的事物。

但事實上，昨天，以及昨天之前的每一個昨天，不可能不滲透至今天而抵達當下。因為「昨天的我」並不有別於「今天的我」而獨立存在，它是一連串關係緊密的心理聯繫與情感連結。同樣地，今天，也無可避免地滲透至明天，以及明天之後的每一個明天。

說到底，時間是不可分割的連續體，因為它是由「我」所形塑的記憶構成。它就像一條從房間一端連結至另一端的麻繩，麻繩是由許多小單位的纖維緊密纏繞而成。儘管麻繩開頭端的纖維或長或短，並沒有全部都抵達麻繩末端，但我們不會說麻繩的開頭與結尾不是同一條繩子，因為其中所有的細小纖維都緊密的纏繞在一起，構成同一條麻繩。

如果說，我們把構成過去與現在的「我」的一連串心理聯繫與情感連結比擬成麻繩的細小的纖維，那麼，今天的生活即是整個人生的象徵。

如果「把握今天」，只是要我們充實當前這天生活的內容，並沒有想像中的困難，但要使今天充實的內容與整個人生的意義有所連結，才是真正有價值的挑戰。

於是，「把握今天，活在當下」被賦予了另一層意義——盡可能地把今天的生活與整個人生之所以存在的橋梁給搭建起來。

如果不能有意識地思考與行動，一個人很容易被外在所賦予的價值觀給綁架，終其一生追尋著他誤以為對自己最有價值的人生。而這樣的扭曲與斷裂會反應在他隱隱約約的自我厭惡與焦慮之中。

此時，「把握今天，活在當下」的任務，就是提醒自己能意識到麻繩的斷裂之處，意識到自己身上被賦予的種種價值其本質為何。讓今天的所作所為、所思所想，盡可能地貫穿過去和未來、撫平扭曲和斷裂，有意識地避免讓自己成為時間之流中無意識的迎合者。

我朋友很少，平常都很孤僻

「沒有沒有，我朋友很少，平常都很孤僻。」

最近我拿到一個劇本，角色擁有善交際、人脈廣的特質，並且在朋友眼中是個大方得體的人。為了不讓自己刻板印象的在台上表現得像是告訴全世界我在演一個善於結交朋友的人，我想起N先生。

沒有人會否認N先生是個擁有最多朋友的人。我問他怎麼做到的，他的回答是：「沒有沒有，我朋友很少，平常都很孤僻。」

我們都把「沒什麼朋友」掛在嘴邊，但說不定世界上沒有一位渴望真正友誼的人會認為自己有很多朋友，或許這份對深刻友誼的匱乏，正是使一個人願意誠摯待人，或追求深刻情感經驗所不可或缺的重要條件之一。畢竟，會將「我認識很多朋友」掛在嘴邊的人，實際交友狀態多半不令人滿意。

我和N先生分享，他成了我演繹角色的典範。我在他身上看不到積極、健談、大方等社交的肢體語言，反倒是一份對於深刻友誼的渴望，它使人誠摯。

「那你覺得，朋友是什麼？」N先生說。

朋友是什麼？一下子還真答不出來。我決定搬出學生時期在考試制度下讓人受惠一輩子的智慧，刪除法。

反過來想，朋友不是什麼？如果能刪除不是朋友的人，剩下來的就是朋友了吧？敵人不是朋友、陌生人不是朋友。所以，除了敵人和陌生人之外，剩下的都是朋友。可是這樣聽起來又有點不太舒服，總覺得有些朋友沒那麼熟，是朋友，但不算「好朋友」。

看來朋友並不總是非黑即白的關係，不是只有「朋友」與「非朋友」兩個選項。我們依照熟識程度將朋友分類，最熟識的朋友，我們稱他為「好朋友」。

「好朋友」在人生不同的階段似乎也有不同的成立條件，小時候不交換祕密的當不成好朋友；而長大後我們都同意好朋友不見得非要無話不談。不是因為愈長大愈自私，而是因為愈長大愈能站在別人的角度去看世界，同理心放寬了我們對於好朋友的標準，就算對方有些難言之隱，不總是以誠相待，我們也能放他一馬。同時，也放了自己人性一馬。

那麼，什麼是「好朋友」？如果我們問一個演員好不好，我們只需要知道他在戲劇上的表現如何，只要他能讓角色真實呈現，順利地完成拍攝而不缺席，就是「好」演員。一個演員的「好」，僅僅表現在戲劇方面，我們不必知道他的財務狀況、親密關係或是健康。

能做好料理的就是「好」廚師、能寫出好故事的就是「好」編劇。當我們有了職稱或有了特定的目的，很容易就能辨識出什麼是「好」。但是，為什麼大家都用不同的方式來定義朋友的「好」呢？

對於一項專業，我們很清楚該對它抱有什麼期待，但是這個期待如果拿到「朋友」身上，事情就會變得很複雜。因為朋友只是以「人」的關係存在，沒有特定的目的，而我們不知道人類是做什麼用的。

因為我是你的好朋友，所以我必須以善意的謊言來增加你的自信，但又因為我是你的好朋友，所以我也必須對你直言不諱。一下子該給你足夠的空間，一下子又該主動關心；一下子必須主動分享祕密，一下子又認為不該讓你承受保密的壓力。

看來，我們都用自己認為的「好」，來成為別人心中的好朋友，這就等於我們承認「好」的方式不只一種。最後，我們不得不認同——根本無法斷言誰做的「好」才是最好，而誰做的「好」不那麼好。

我想，在我們真正搞清楚自己生而為人的用處之前，或許真不該對朋友抱持什麼特定目標的期待。

如果要回答朋友是什麼，我想，朋友或許單純只是我的「好」與你的「好」正好合上了，於是好朋友就這麼剛好地出現在彼此的生命中。至於「你的好」和「我的好」合上之後會發生什麼事，那就是「隨心所欲，各行其是」了。

不過，也有人會質疑「隨心所欲，各行其是」會不會代表一個人其實沒這麼重視一份友誼？甚至是愛情。當一個人重視一段關係時，真的有辦法說來就來，說走就走，隨心所欲，各行其是嗎？

我想說，「隨心所欲，各行其是」的友誼，是擅長遺忘的友誼。

假設在某個特別的時間點，當你感知到朋友彼此的信念正走向不同的道路。你想起過去曾經緊密契合的美好時刻，感到遺憾的同時也意識到那其實是相當幸運且可遇不可求的。先前不好的經驗提醒了你，此時如果緊抓著必然逝去的當下不放，只會適得其反。

出於你對這段情感最深刻的尊重，你讓它輕輕地被放下。因為一份溫柔的遺忘，它才能凝結在最美的時刻，永存在彼此心中。重情感的人，也可以是擅長遺忘的人。

我又可說，「隨心所欲，各行其是」的友誼，是不輕易承諾的友誼。不輕易承諾，不代表我不在意你。我在意你，我連你的期待和失望都一併在意了。我寧可你能有隨時不相信我的自由，能有隨時能拋下這段關係的自由，我也不願意看到你為我失望。

我寧可你接受我們不需要承諾，也不願意看到未來的你緊抓著承諾不放，把自己困住。比起緊實的承諾，另一層的思考是把彼此的選擇與自由一併考慮進去。不輕易承諾的人，也可以是最在意的人。

但凡談到人際關係，多半不是在談對與錯、好與不好，談得是恰如其分，是經驗層次上的美與不美。

或許，當我說好朋友之所以是好朋友，正是因為彼此隨心所欲，各行其是。我內心真正想表達的，是君子之交淡如水吧。

反過來想，

朋友「不是」什麼？

如果能刪除不是朋友的人，

剩下來的就是朋友了吧？

表演課是思考如何經驗世界的刻意練習

「如果你要描述眼前的一棵樹，你就必須停留在那棵樹面前，直到它跟我們見過的任何一棵樹都不再相似。」

福樓拜（Gustave Flaubert）曾要求年輕的莫泊桑（Guy de Maupassant）坐在一棵樹前兩個小時，然後不斷地描述它。他認為所有的事物總有一部分是沒有被探索的，因為我們總是落入了某種因循的習慣，對於眼前所看到的事物，只記得以前的人對它有什麼想法、別人曾經對它有過什麼想法。

「即使是最細小的東西，也包含了一些未知的內容，而我們必須把它找出來。」

福樓拜談的是文學技巧，但我在表演課的訓練之中也有類似的體驗。在高度的專注裡，我們有機會全然接納眼前的對象，包括對方身處的空間、他在空間中的呼吸、他身上正流動的張力，以及這股張力在我身上留下的苦痛與愛。

當眼前不再是過去曾經認識的任何一位演員，每一次觸碰將不再是過去曾經有過的任何一次觸碰。當每一次呼吸、每一次眼神的交換，都成了唯一的一次經驗，就代表我們有機會擺脫因循的思考習慣，觸及未被探索的領域。

經驗世界的方法不應該是神祕且充滿迷信，它是可以被刻意練習的。不過想要擺脫根深蒂固的已知框架，更自由地思考與經驗世界也不是那麼容易。或許我們可以先屏除二手或是被動接受而來的概念，把它們暫時都放進「括弧」裡，接著再去描述那直接呈現在我們眼前的東西。而這樣子把二手概念先放進括弧裡的技巧，奧地利的現象學學者胡塞爾

（Edmund Husserl）稱之為「懸擱」。

事物一旦被懸擱之後，我們可以不受其他理論或意識形態的影響，以更純粹、更自由的思考來經驗世界。

所謂意識形態，其實就是我們每個人各自在意的部分。它像是有色鏡片，戴上紅色鏡片的人會相信整個世界都是紅色，戴上藍色鏡片的人則會認為世界是藍色，並且視藍色的世界為真實世界。戴著意識形態眼鏡的人，會因為自己鏡片上的顏色而相信虛構的想像，並認知為事實。

在我進行雷射手術之前，近視八百度，曾經有過在洗臉時被自己還戴著眼鏡嚇一跳的經驗。像眼鏡般的意識形態最可怕的地方就在於——戴太久了，我們會忘記它的存在。

世界之所以看起來是藍色，無非是因為我們鼻樑上的有色鏡片，而我們又太容易相信世界原本就是藍色。

如果用現象學的方法去傾聽眼前的對象，有意識地察覺到自己已經戴上意識形態的眼鏡這件事實，認知到對方看起來會是藍色，並非因為他原本就是藍色，而是因為自己鼻樑上的有色鏡片，我們便能夠全然存於當下，以最自由的方式經驗語句之間的呼吸與停頓，感知眼神與表情肌之下所傳遞的精微訊息。

表演課不見得是演員才上的課。如同重力訓練不只對運動員的比賽成績有益，關心自己健康的人同樣也能從訓練中受益。

我所知道的表演課，不是背劇本與抒發情感的課。劇本與情感表達只能算是達成目標的手段之一，真正有價值的目的是一份思考如何經驗世界的刻意練習。

一旦我們開始思考如何經驗世界，將經驗世界的方法當成一門嚴肅的學問並刻意練習，才能更純粹地經驗事物，重獲經驗上的自由。

在經驗上自由了，思考才能自由；也只有自由的思考，配得上值得一過的人生。

做好藝術

「老公跟政客私奔？做好藝術。」

「國稅局查到頭上？做好藝術。」

「貓爆炸了？做好藝術。」

「或許事情多半能解決、時間終究會消解傷痛，但是那都不重要。就做你能最拿手的事。做好藝術。」

這是出自尼爾・蓋曼（Neil Gaiman）的《藝術很重要》（*Art Matters*）。作者誠摯且幽默地對所有人呼喚：「做好藝術」本身，就是做好藝術的好理由。確實，無論一個人是否以藝術為志業，做好藝術無疑是帶我們回歸生活經驗本身的一條捷徑。

不知道你是否和我一樣，曾有過這樣子經驗——在一個極其平凡的時刻，工作照樣進行，世界照樣運行，通勤的路途也沒特別壅塞，眼前的景象一如往常；唯一不同的是，你的一切全不同了，一股瘋狂的念頭由深淵升起，原先擁有的追求與熱忱瞬間止息，眼前的目標與信念化為虛無，一切意義蕩然無存。

此時，你發現自己正處在雙重的視野之中，處在庸常生活與意義盡失的交疊視差之中。你知道有什麼東西正從你的生命中被剝離，卻不清楚那是什麼？哲學家海德格（Martin Heidegger）會說，你處於「本真死亡」，也就是失去一切意義的活死人狀態。

做為一個社會性的存在，我們一向擅長迴避這種接近生命本質的追問。大家追求什麼，我就理所當然地追求什麼，誰都不願意自己被丟下。不過一旦我開始追問，就立即被丟下了。因為所謂「大家」，既是「所有人」，也是「沒有人」。本真死亡的發生，正是我們發現自己追隨的盡頭，竟是懸浮在社會中的「沒有人」。

雖然本真死亡的狀態讓人聯想到精神上的崩潰，但是許多人卻是在這樣的經歷中，奪回生命的主導權。海德格認為，這種偶然浮現的存在危機，正是我們回應內心的呼召，奪回生命主導權的契機。你一定聽過不少類似的案例，某人在某天不知道哪根筋不對，突然做出了翻轉主流價值觀的重大抉擇，投入某種截然不同的生活型態裡。

而在這樣類似重獲新生的案例之中，都有一個共通點：藝術以某種方式，由內而外地參與了他的生命。

／

「反正一切都沒有意義，人最後還是會死」，儘管只是朋友一句半開玩笑的怨嘆，卻也反映出了現代社會的特質。革命家馬克思（Karl Marx）曾指出，現代社會處在高度疏離的文化經驗中。他所說的疏離不是指科技冷漠，畢竟在他過世之前還沒有手機和網路的發明；他指的是科學理性與資本主義主導的文化條件讓我們疏離了自己，疏離了自己原先可以擁有的深刻經驗與意義。

追尋人生意義的方式很多，其中「做好藝術」可以說是拯救了我，並且啟蒙了往後一連串的追尋。與其說我以「做好藝術」這項手段去探究自己與世界之間的關係，找到深刻的經驗與意義。不如說是深刻的經驗與意義先是存在了，事後我們才歸納出這些現象屬於做好藝術的範疇。之所以會這樣描述，與藝術本身所召喚的某種超越性有關。

以我自己的經驗為例，常有人問「演戲是真的還是假的？」我會說，假的，因為演員彼此都知道接下來的劇情發展，與真實生活的未知不一樣，所以是假的。

但我還會接著說，也是真的。因為投入演出情境時，表演者會進入某種類似出神的狀態，不自覺地掀起某些情感經驗，誘發全然未知的行動。在演出結束後，演員彼此都為此感到不可思議，總覺得「剛剛那不是我！」但那又是誰呢？既然那不是熟知台詞且知悉劇情走向的角色，那剛剛在場上的就是真實鮮活的我們，所以是真的。

做好藝術，我們有機會超越我們習以為常的看見，像是某種觀看要透過我的看見而被看見。在創作的過程中，我們會感到一股迫切感，好像有某某種超越自己的存在，迫切地需要透過我們的雙手而現形。

透過將自己化作藝術家的眼睛、肢體，我們穿越了尋常的認知，穿透科學理性與資本主義意識形態的框架，揭露了我們真正生活其中的世界所應該擁有的深刻經驗與意義。

人生的意義可以有諸多豐盛的面向，「做好藝術」對我來說的重要性在於喚回我們因勞碌於社會機制而脫鉤的生活經驗，將我們的所見所為延伸至存有論層次的高度。

做好藝術，無關乎你的職業，你是否擁有藝術天賦，甚至是否擁有興趣；而是關乎你如何存在，如何直視自己擅於逃避的、關於生命本真的追問。

無論你做什麼都好，或是什麼都做不好也好。記得做好藝術，只有藝術做好了，其他所有的一切，才開始是真正的好。

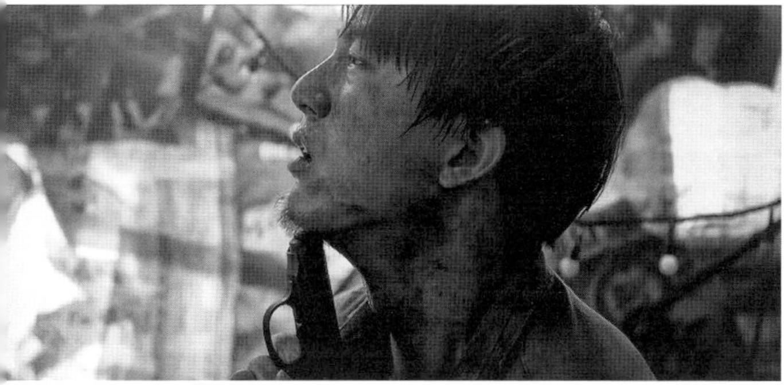

音樂錄影帶《別再再再》演出，
一次狂放的嘗試。

我這樣演，對嗎？

有一位學生，總是特別著急地想知道「我這樣演，對嗎？」、「我怎麼演，才可以更好？」他老是說：「昊奇你為什麼每次都不直接講重點，反而問更多問題，或是繞一大圈再描述一次整個問題？」

對此，我也檢討了一個禮拜。但是我想，若要不違背自己的價值觀，我可能暫時無法給出令人滿意的重點。倒不是說我不愛講重點，而是如果缺了一份更寬廣的理解，硬是接受了一份高濃縮的重點，似乎也無助於讓對方延伸出充滿活力的、能緊扣生命歷程而變化的概念。

我實在不認為翻閱尼采語錄的人能認識尼采，單單只是抄寫經文的信徒恐怕也無法更靠近宗教的智慧。

有別於數學、物理等絕對的知識體系，表演藝術是更靠近人文的領域、美的領域，它是深度探討存在與表象的領域。

無論你是從模仿別人行為的遊戲、坊間的表演工作坊，還是相關科系的學術領域開始，一旦跨過某個分水嶺，就無可避免地會觸及心理學、腦神經科學、社會學、人類學、形上學、歷史、宗教，你會開始從所有與人有關的知識裡尋求答案。畢竟，表演是人類思考與行為模式的模仿和再現，而這些問題的答案，實在難以一言蔽之。

人一旦來到這個世界上，就會對外展現他的本質，也會被看見、被聽見、被觸碰，被一切擁有感覺器官的生物所感知。如果缺乏了接收者，那「表象」這兩個字也就失去了任何意義。如同舞台上的演員，如果台下沒有任何觀眾，那麼台上的演員就沒有任何表演可言，「表演」這兩個字將沒有任何意義。

換句話說，人能夠接受表象，並且藉此確認他者與他物真實存在。但同時這個人本身也是一個表象，他能看見也能被看見，能聽到也能被聽到，能觸碰也能被觸碰。

一個人不可能永遠是主體，每一個主體同時也會是客體的對象，並且以客體的身分向他者顯象，藉此期望自己的客觀真實能夠被確認。因此，人類在某種深層的意義上，不只是存在於世界之內，也是世界的一部分，是藉由他者的目光、他者的心智運作才能確定自己真正存在於世界上。

這也是為什麼，我們總是在一次又一次、不厭其煩的排練中強化感知的能力，理解感知與被感知之間的關聯性。無論它是發生在你和對手演員之間，或是你和觀眾之間。

在人生的舞台上，我們會看見其他的觀眾，也必然需要被其他的觀眾看見。當然，不同觀眾的觀看角度與其各自的人生經歷交會之下，我們在他們眼前所展現出來的樣貌也會有所不同。

每一個人所顯象出的表象，雖然擁有各自的自我認同與身分，卻也是被多重的觀察者所感知，因此無可避免地有了一層「喬裝」。儘管喬裝可能不是他本人刻意呈現的，但是卻會帶來掩飾或扭曲本質的結果。例如一個人光是站著不說話，有人會認為他在放空，有人認為他想起了思念的人，也有人認為他正處於崩潰邊緣。

無論我們是不是演員，在生活中都會盡可能地學習去辨識這種扭曲自己本質的喬裝，也就是去縮短「我認為自己在別人眼裡是什麼樣子」和「別人認為我實際是什麼樣子」之間的差距。

演員更要敏銳的意識到其中精微的差異，縮短「我認為我在演什麼」和「在觀眾眼裡我是什麼」之間的差距。它不是對或錯的問題，而是在哪些人眼中會有差距、這些差距從何而來，以及從你的表演中，又有哪些訊息造成了誤導。

而這些造成表演者本質扭曲的喬裝，我們該如何褪去它們？它需要抽絲剝繭地從根源去理解存在與表象、主體與客體、覺知與被覺知之間相互依存的本質。

為什麼一個淚腺暢通的演員，在該哭的時候哭，該笑的時候笑，觀眾卻時常感受不到他的真實性？若再更進一步地探索，我們將會發現——表象不會輕易顯露表層以下的面貌，甚至會盡力地隱藏。換句話說，任何一個事件如果不是為了掩藏另外的特質，它是不會露面的。

表象會顯露，但是也防衛著顯露。如果我們想要深刻地了解表象之下的心智運作，在表演中模仿甚至再現它，那就必須深入理解這個防衛的功能。

這樣說好了，假設你一回到家，看到五歲的外甥突然哭著大喊：「瓶子不是我打破的！」那你馬上就會明白，瓶子就是他打破的，小外甥正拙劣地運用外顯的脆弱來掩飾某些事實。但如果你一回到家，就因為瓶子被打破而大罵無辜的黃金獵犬，同時發現小外甥在一旁強忍淚水，那你可能會知道，他的情緒是不得不湧現的，是突破了防衛機制的、真實的眼淚。

你看，就是這樣，到頭來我仍得繞一大圈才有辦法掀開某些思考的蓋子。我不得不這麼做，否則如果直接告訴學習者，關於這次排練造成觀眾誤解的原因可能是：「表象會顯露，但是也防衛著顯露。」他一定會覺得我瘋了。

台南甘噪祭，
與導演邱柏袓的聯合講座。

遇上了，面對了，存在了

一月那陣子，北美館正展出的是阿比查邦・韋拉塔斯古（Apichatpong Weerasethakul）《狂中之靜》特展。阿比查邦因為政治因素在自己的國家被消音，但在國際上，他無疑是位舉足輕重的藝術家。暗房中播映著泰國傳統神廟的煙花慶典，緘默無聲的影像襯著阿比查邦的獨白。

「那天我在電話中告訴你，以後我不拍片了，從今天開始我只畫畫。你說，我很為你感到高興，我們出來吃飯吧。

「之後無論我怎麼畫，都只能是一些房子，小時候街道上的房子，而且它們都是黑白的。後來我仔細回想才發現，它們已經沒有顏色了。」

看到這裡我真的好難過，止不住淚。這些片段揭露了我自己永遠無法逃避的真相。一位大半輩子都奉獻給電影的人，突然說「以後我不拍片了」，而另一位好友卻相當樂見，並且視之為解脫。

／

「以後我不演戲了。」

我無法想像自己開口這麼說，不是因為我真的太愛，愛到沒理由放棄，而是我怕我其實沒那麼愛，剩下的只有執著和逃避。逃避我生而為人，最本質上的意義。

怯懦的我，試圖用一個身分來取代我人生的全部。

我不知道那些老是堅持不放棄的人是不是真的那麼勇敢，總之我不是，我確定自己心中有一份無法放棄的理由，是因為害怕面對「如果不演戲了，我是誰？」以及「如果不演戲了，在你眼裡，我還能是誰？」，世界上沒有人能夠完全從喜歡做的事、受人欽羨的工作中逃避存在的焦慮，無論它用什麼形式出現。

當然，積極追問自己喜歡什麼、有個踏實的目標確實美好，但達成之後呢？八年前有演員夢的小子當成演員後，他幸福了嗎？憂慮少了嗎？

因此，當阿比查邦的好友在電話中回應：「我很為你感到高興，我們出來吃飯吧。」我克制不住自己的情緒，因為這樣的回答是我一直無法直視的解脫之道。

／

哲學家沙特認為我們很容易假定自己是一把「裁紙刀」，也就是一個本質已經固定的事物，稱之為「存有」。鉛筆、咖啡杯就是「存有」，鉛筆的本質是用來書寫的東西，咖啡杯的本質是用來裝咖啡的容器。

一把裁紙刀，它本質上就是為了拆信封、切割紙張而被創造出來，但打火石就不一樣了，你可以拿這樣的石頭來當文鎮，也可以用來摩擦生火，人類幫打火石找到這些功用，純粹只是湊巧發生罷了。

當一個人把自己看作「存有」，他可能會說「我必須忠於自己的天賦」、「天生我才必有用」。不管我們信不信神，冥冥之中都堅信上天已經為我們的存在想好了特定的目的。

但是在今天，我們終於發現世界上沒有神，自然演化的證據歷歷在目。可是這樣一來，我們豈不就像是一顆打火石？就只是單純的存在而已，不像鉛筆的本質是為了寫字，咖啡杯就是用來裝咖啡的容器。

不管我們是在無意間發現了自己的用途，或是被別人發現了某種長才，這些用途都不是我們的本質。在我們知道自己的本質之前，就這麼沒來由地「存在」了。

沙特認為，別於「存有」，「存在」是比本質更早出現的東西。大部分我們看得見的物品，都是先想像了它的用途之後，它才會被創造出來。但有一種東西的存在先於本質，那就是「人」。人是「存在」而不是「存有」，人並沒有事先被界定，也不是為了幹嘛或是完成某樣任務才被創造出來，「存在先於本質」這句經典，就是這麼來的。

難道我必須是裁紙刀，我的生命才能有意義嗎？難道我非得是演員，或非得被當作演員使用，我的存在才有意義嗎？如果找不到真正想做的事，做不到別人希望我做到的事，我就不能是我了嗎？

可嘆的是，我寧可相信自己非常喜愛這份工作，寧可相信自己是為了做好這件事而來到世界上。然而，除了繼續做這件事之外，我還有其他選擇嗎？

或許有，但是從頭開始學習其他技能所要付出的努力太大，說不定我只是不願意踏出舒適圈。而在這樣的前提之下，從我口中說出的堅持、不放棄，真有那麼偉大嗎？

在某些層面上，我不過就是在「自我欺瞞」——假裝現在的生活沒得選，必須咬緊牙關撐下去。我逃避自由所帶來的不安和焦慮，自動自發地扮演社會所替我選定的角色。我必須讓自己相信自己是有特定功用的「裁紙刀」，而不是偶然存在的「打火石」，才能好好地過生活。

更令人弔詭的是，當初我不就是為了逃離家人所替我選定的角色，為了追尋自由，才踏上尋找天職的道路嗎？

實際上「天職」這兩個字，本身就帶有「上天賦予我們某種功用」的意思。從這個角度來看，以為自己一旦找到了天職，就等於找到了人生的意義，也是在否定自由，讓自己由打火石一般的存在，降格為如裁紙刀般的存有。

我想，一個人無論他曾經多麼渴求現在所擁有的工作，無論他自己或別人認為這份工作多麼適合他，所謂的「工作」，都不該變成他的本質。沙特的思路為我拋下了一道最嚴苛的課題，對他來說，人必須嚴肅面對的真理是——人生的目的和意義並非與生俱來，所以我們要負起責任，創造自己的意義。

並不是說生命本身沒有意義，而是生命沒有「先天預定」的意義。當我們遇上存在的問題，面對了，思考了，也就「存在」了。

影后

聽妳說話，像聽一場夢。我從來沒有聽一個人說著故事的同時，還得努力讓自己不掉眼淚，我不希望在你眼中是個失態的聽眾。

從我參與的第一部戲開始，我們就算認識了，但一度不知道怎麼了，妳突然音訊全無。也許對於夥伴的來來去去，我們早已經習慣。在表演這條路上，撐不下去，突然決定轉換跑道也是人之常情。但是我從來沒認真想過，也不敢去想，那些消失的、被消失的人，都經歷了些什麼。

妳的故事，反倒不是那些風風雨雨或慘澹低谷，而是一股熟悉感。高傲，同時必須隱忍；良善，又必須殘酷。一個人身上的自卑、憐憫、幸福、憤怒、可愛竟然能同時並存。

妳說，這是朋友才會分享的祕密。我想，反過來說也行，分享祕密後我們就是朋友了。最有價值的祕密不是感情八卦或難以啟齒的瘋狂事跡，而是你做決定的真實過程，那些你願意為我揭露的思路與情感的橫切面。

「唉，你幹嘛這樣？」妳在臉前揮揮手說，像是想做個了結。不只和錢做了結，還有妳一整段的人生。

我想，一個人的消失沒什麼好解釋，真正需要解釋的反倒是消失數年之後的重返的原因，並且為何能在重返之後迅速登峰造極。我懷疑眼前這個人徹徹底底地死過一次，在某個不為人知的陰暗角落。

我們在巷口分別，妳說回家前想先買包菸，便朝著便利商店的方向走去。忽然，妳停下腳步。

「邱昊奇，不要管那些人怎麼想。廢物，都是廢物，廢物才會群聚在一起用刻薄的評價來確認彼此的存在。你認真做就好了，做到最強，他們就會變得更討厭你，但是又好像必須要喜歡你。」

「好啦，知道了。妳已經是我心中的影后了，早點休息。」

「做到最強，他們就會變得更討厭你，但是又好像必須要喜歡你。」這番話由妳口中說出，格外充滿力量。因為妳是真正歷經被生命驅逐，被體制壓榨，被世界消失過又重返的人。在這樣的生命脈絡下，一個人將愛與利他主義斥為軟弱，是可以被理解的。

／

當利他主義、愛與謙遜成為權威體制使人軟弱臣服的利器，必然會產生一股反抗的意志。如同尼采抨擊人類出於軟弱的愛，他說鄰人之愛是我們對自己不好的愛。我們躲到鄰人那裡，逃避自己，不得不虛構出一種美德，但是這種「無私」終將被看穿。

尼采認為，有別於軟弱而失去自我的愛，人類的終極目標是成為理想型的「超人」。超人擁有真正偉大、高貴的靈魂，不會為了有所得而施予，也不會假借仁慈而睥睨他人。真正的仁慈是揮霍，以個人的豐盈為前提。

「做到最強」意味著一個人讓自己的潛能發揮至極限，而不必受制於被權威體制包裝過的虛假美德。在我眼中的她，儘管湧動著不安與焦慮，卻充滿了生命力與韌性。或許，因為她十分忠於人性中對於權力意志的追求。

人，一旦貼近人性，就會散發無比的魅力，成為不完美的美。

成為強者，使卑鄙之人不得不臣服。生命為妳開展的，是超人的路。今晚妳獨自遠離的背影使我相信——如果不全力以赴地追求卓越，最後和我過完剩下日子的，將會是一群怕犯錯的人。

對我來說，那是地獄的第一層。

面具之下不是你，依然是面具

當你不假思索地說出「我需要你留下」時，為什麼會很假？假得像句台詞，但又像是真的，它真得像句心思縝密的算計。

確實只是台詞，而我人也在排練場。

突然間，杵在台上的我靈光一閃——或許我們所有對於人之虛假與真實的判斷，都是毫無意義的空談。

過去，我曾擔心自己是不是真的像別人說的那樣「戴著面具在偽裝自己」？在職場上，是不是大家都必須戴著面具和彼此相處？這樣的思考方式必須被質疑。

在某些不成熟的生活圈，當一個人面對一項重大事件時，選擇壓抑情緒、逃避或是欺瞞他人，無論他是出於有意或無意，都會被認定是個不真誠、戴著面具的人。儘管四下無人、沒有來自他人的評判，這樣的人也很容易因此而責備自己。

不過這樣的論調如果要成立，我們必須先把「不帶面具的人」狹隘地界定為「必須完全表現出自己的情緒與弱點」。

有趣的是，假使真的有人這樣做了，會比較真實嗎？

不會的，一個演員如果不假思索地展示自己的情感，毫無掩飾地表達自己的渴求與脆弱，你就會感受不到這些深層欲求背後所承受的風險。一旦人的複雜性、矛盾性被剝離了，也就失去了生命的重量。

難道一個不習慣在外人面前流露情緒，或是言不由衷的人，就一定是不真實嗎？也許在某種狹隘的定義底下，我們可以說他的表現是「帶了面具」。可是換個角度來看，這個人其實完全展露了「真實」。不管他的內心有什麼情緒波動、脆弱，或難以啟齒的渴求，整體看來，內在的感受加上不對外流露的情感，才構成他這個真實且複雜的個體。

活生生的角色不能忽視他身而為人的複雜性與矛盾性。我想這就是為什麼有些偶像劇的角色，直愣愣且不帶羞恥與風險的訴說愛意時，看起來像是精神分裂，或是虛假如計謀。因為直白坦露讓人感受不到這些情感在他生命中的重量，背誦出設計好的台詞來影響對方，看起來確實只如技倆。

或許，「戴著面具」的思考方式本身就有著錯誤的前提，我們直覺性地假設在面具後面還有一個更加真實的存在，但說不定我就是面具本身，面具之後，是另一張面具，像無限延伸的俄羅斯娃娃。

用真實和虛假來評斷一個人，不見得有意義，因為我們只不過是在無意識中深信一個普遍的原則：隱藏的面向通常比能觀察到的更加真實。

於是，一個平時沉穩的人哪天突然異常敏感易怒，我們往往會竊竊私語：「你看，他終於露出真面目了！」我不認為我們有好的理由接受這種論調。事實上，這只說明了一個最和善的人也會有脾氣，僅此而已。

打開一個笑臉的俄羅斯娃娃，發現裡面是氣噗噗的娃娃，不代表我們發現了比較真實的娃娃，只是看到了娃娃少見的一面。

我，不是面具之外的存在，我正是面具本身。摘下了面具，只會發現另一張面具，依然是我，只是真實得有不同層次。看得見的，不會比看不見的更加虛假；看不見的，也不會比看得見的更加真實。

等我在海底抽完這支菸，就上岸

比起水肺潛水，我更喜歡自由潛水，一來我對海底景觀不那麼感興趣。二來我意識到，一次又一次誘使我陷入深藍的，正是那一口氣生、一口氣死的禁忌聯想與自我覺察。

魚類不會發展出一種活動是看看自己能在岸上支撐多久而不窒息，如果有，那可能會被稱作「自由陸行」。特別傑出的魚類或許還能彈跳登上小沙丘，追尋「魚之所以為魚」存在的意義。

不會有這種事情發生，魚類不會想像自己在陸地上的生活。牠不會用理性去構思世界，牠不追憶過去，也不打算展望未來。牠將無法看見自己終將一死的事實。

牠也不會感覺自己有別於其他生物、有別於大自然，牠就是大自然本身。牠不會用想像力創造一個超越自己的存在，再宣稱自己是被這樣的存在逐出了樂園，獨自承受罪罰。

這裡好安靜。身體被我輕輕放置在海底，面朝遠方海面的瀲灩波光。

如果我不再帶著身體回到海面上，我能像魚一樣成為大自然嗎？我能靠著和諧一致的生存機制，單單就只是活著，不必像人類一樣，竭盡一生，學習如何「過生活」嗎？不必感到無聊，感到憾恨，感到與世界格格不入，甚至更荒謬的，與自己格格不入。

人類啊，是世界上唯一認為自己的存在是必須被解釋的生物。存在的難題迫使我們永無止息的追尋，儘管在物理上並沒有離開自己的生活圈，但精神上，我們不斷地移動，不斷地被移動；被迫往前走，在知識的白板上填滿答案，讓未知成為已知，再挑戰已知，使之無知而茫然，而這份茫然又促使我們展開新的追尋。

存在的難題本質上充滿了矛盾與不協調，人類注定飄萍無寄。

我的橫膈膜已經開始抽慉了，一旦太久沒有呼吸就會這樣，只要我還活著，就無法擺脫自己的身體。我的身體告訴我，他不能一直被放在海底，他要活下去。此時除了為了活下去而展開的行動，腦中容不下任何關於存在的思考。會有這種被身體限制住的錯覺，以及獨立於身體之外的自我意識，就是人類最大的詛咒，它是一切分裂與矛盾的源頭。

我們的心有一種特質，在面對矛盾時不會消極地不作為，它會想盡辦法去解決這個矛盾。如果一個人因為社會或環境等外在因素或是他個人的智性不足，讓他無法以行動回應這個矛盾，那他就必須「否認」這個矛盾的存在。或許他會相信神學的意識型態，假設生命在死後才會真正被實現，也或許他相信生命的意義不在於它自己的開展，而是為了國家、社群、為他者犧牲奉獻。

總而言之，如果不躍進某個意識型態，否認這個矛盾，否認這道關於存在的難題，一個人很難合理化自己的生活。

／

曾經，我也縱情聲色，專注於事業來逃避內心的輾轉反側。我使自己成為資本主義產業鏈下的螺絲釘，你告訴我該怎麼做，我就怎麼做；你說演藝新人不可以有太多自己的想法，我就讓自己沒有太多想法；你說現在的演員都流行幹什麼，我就做一個流行的演員會幹的事。我拋棄自由，讓自我淹沒在外在的權力之中，心甘情願地成為工具。

從神祇、宇宙的神祕主宰到國族、家庭、職場的前輩，一個人總是不斷以超越自己存在的權威意識型態來安撫自己存在的難題，終究會有缺憾與不安。或許這道難題只有一個解答，如同心理學家佛洛姆所說：「面對真相，承認他處於一個和他生命漠不相關的宇宙裡，最根本的孤獨之中，承認沒有一個超越他的能力可以替他解決難題。」

重回海面的感覺，是釋然與遺憾的雙重交疊。深吸一口氣，很高興我還活著，生命帶來的喜悅本身就是豐足的；緩慢吐氣，很遺憾我還活著，生而為人所應肩負的一切尚存。

「應該要負責」這句話很精準，但卻不容易傳達我真正想表達的意思，總讓人聯想到「活該」。除非你陪著我一口氣生、一口氣死，或許才有機會捕捉到這句話不帶貶抑的積極面向。

我們必須為自己負責，只有依靠自己，才能為自己的生命賦予意義。這項意義包括不確定性，它不能是宗教典籍裡的固定解答，也不會是從某個智者口中抄寫下來的語錄。因為「確定」本身就與意義的追尋背道而馳。「不確定性」才是驅使我們持續移動，竭盡所能施展力量的條件。

沒有移動，你就會死。不移動上岸，你的肉體會死；不移動下潛，潛到意識深處，你的心靈會死。

由於人類分裂而矛盾的存在特質，我們必須負起責任，持續地在精神上移動，追尋屬於自己的信念體系。雖然世界上充滿了各式各樣的信念體系，但是內容與價值卻有巨大的差異。成熟的、有創造性的人，會選擇一個讓他能成熟、有創造性的信念體系；在發展上遭遇障礙的人，則會回到原始而不理性的信念體系，而這個體系又會反過來助長他的依賴和不理性，其他適應世界的佼佼者早已超越，他將會停留在原本的層次。

一個人必須負起責任，發揮他生而為人的潛能，包括某項技藝、同理心，甚至愛，他必須過著創造性的生活，正視自由而不逃避自由，為自己的生命賦予意義。否則，生命將不會有任何意義。

一口氣生、一口氣死，意味著一個人正承受著他生命中最漫長的一次呼吸，浸淫在生與死最短暫的接觸。我想，自我覺察，是生活這道藝術最嚴肅的入門課；而生活的藝術，則是演員這道最嚴肅的入門課。

傾聽內心的詩

不知道從什麼時候開始，「傾聽內心的聲音」讓我感到厭惡。

也許是因為它的普遍性讓我聯想到某種無知或任意詮釋而導致的反智。但更可能是在無意識的層面，我希望藉由反對一個大眾主流的思想，來確認自己的獨特性。

這樣的意欲實在令人感到羞恥，於是我誇大聯想，來合理化我對於「傾聽內心的聲音」的排斥。

所有人都在說要傾聽內心的聲音，但是又「聽不出個所以然」。這時我面臨兩種選擇，要不就跟著大家一起「聽不出個所以然」；或者我可以藉由抱持反對立場讓我保有獨特性，同時在「好像有點自我想法」的群體中找到歸屬感。我想，這就是人類身為社會動物的雙重本質。

在釐清厭惡的來源之後，接下來所面臨的問題是：僅為了追求獨特性這個目標，而排斥所有可能蘊藏於「傾聽內心的聲音」的智慧，這是值得的嗎？

我所認同的獨特性，它應該要幫助我跳脫出群體迷思與認知偏見，它應該是作為追尋真理的手段，而非阻擋於前的障礙。

現在，我的目標顯然與最珍視的價值背道而馳。所以，儘管我心中有一份難以阻擋的厭惡情緒，就像宴會中來了一位不受歡迎的客人，我也不打算把所有的力氣耗費在如何趕他出去。既然他已經在了，那就讓他如其所是，他的存在不應該阻擋我做現在該做的事，畢竟宴會中還有我更重視的朋友必須招待。

現在我該做的事，就是去追問，什麼是內心的聲音？又該如何傾聽？

以下，就是我試著對於「傾聽內心的聲音」進行「傾聽內心的聲音」。

我想，對於「傾聽內心的聲音」常見的理解是——不假思索地信任直覺判斷。

我一點也沒有要矮化直覺的意思。事實上，現在主流的研究反倒是支持直覺的重要性，神經科學家達馬吉歐（Antonio Damasio）透過各項研究得出大腦中負責管理情緒的部分如果受損，那麼決策能力也會跟著變差的結論。一般傳統的觀點認為，我們的感覺、情緒會阻礙理性思考，但是達馬吉歐的研究推翻了這項說法。現在我們知道了，人類所擁有的感覺、情緒，在理性運作中是不可或缺的。

此外，「專家式的直覺」也說明了在特定的情境下，直覺會是判斷的優勢，例如我的經紀人光是看一份企畫案，或是透過一次面談，立刻就可以預測對方團隊的整體狀況。雖然這種立即的判斷不是經過全盤的思考而來，但仍奠基於長年累積下來的大量思考與實戰經驗。

所以，如果是在自己擅長的專業領域，將傾聽內心的聲音解讀為相信直覺判斷，確實是有它的道理在。

不過話說回來，「直覺」是什麼構成的？組成內心聲音的素材是從何而來呢？

有人可能會說，那就是人的天性、人類最真實的情感。但事實上，它可能有一部分是本能，是天性，但另一部分很可能來自我們的生活經驗、後天養成的某些觀念和思考習慣，而其中更潛藏了許多偏見，以及僅僅只是抗拒改變的頑固習慣。

所以，當我將傾聽內心的聲音理解成不假思索，單純信任直覺判斷時，我很可能只是再次依循某種偏見或是頑固的習慣，還滿足地認為自己遵循了最真實的天性。

我猜想，傾聽內心聲音的說法之所以大為盛行，是因為它很美。它是知識與藝術的交疊，是一句詩詞。依據不同的情境、不同的信仰、不同的文化脈絡，皆可做出不同的詮釋，任憑它與你的生命產生共振。

我可以僅僅把它當作在腦中掀起的美麗圖像，撫慰疲憊的心靈，也可以嚴肅地將它視為為我展開追尋智慧的道路。作為後者，我認為傾聽內心的聲音指的是——一個人是否能用誠實的心態去對待自己。

我能不能辨識出，現在的思考和行為模式是不是真的對自己有益？接下來的行動會不會違背自己的價值觀？這項抉擇會不會幫助我實現對於自己的期待？我有沒有去釐清真正珍視的價值是什麼？我依然在這條路上嗎？還是只是被眼前的目標給抓住了目光而偏離了價值本身？

「內心的聲音」出自於人類的天性與情感，而這些情感構成了我所珍視的價值，包括同理心、愛與道德直覺。但是如何「傾聽」，則必須依靠理性的運作去分辨哪些是偏見？哪些是頑固的習慣？哪些是自欺的藉口？對於眼前目標的執著是否遮蔽了遠大的價值？

如果說，傾聽內心的聲音是一首詩，那它必然是一首由感性譜寫、理性吟唱的詩，缺一不可。

你呢？你如何傾聽內心的聲音？

理性動物

之一　誘惑

一片漆黑，我和你躺在地毯上，聆聽雨水打在牆上的聲音，那天和今天一樣，初夏。

兩年來，我都習慣你在我的身旁，現在我想戒了你，選在五月的最後一天。

然而，它懸在那裡，懸在我和你的注視之間。如果這次，我順從了誘惑，那又如何？宏觀來看，再次臣服於一個吻不會造成什麼傷害。這並沒有違反邏輯，單純只是事實。「僅僅再一次」並非不理性。

身為理性動物，我合理推測，再多一個吻也不會怎樣，再多一次也不會，再一次也不會。

很快地我意識到，除非擁有最後一個吻，否則我永遠無法戒了你。但是，我永遠找不到好的理由來向自己說明，為什麼這一個吻必須是最後一個，而不是下一個。

身為理性動物，若想要達成目標，有時就必須鐵了心，任選一個出發點。人類的荒謬之處在於，我們總是相信自己有好的理由去實踐一連串行為，並視之為理性。但是如果把每個步驟都拆解開來，就沒有好的理由去實踐任何一個。以邏輯的角度來看，難以用理性解釋的往往不是意志薄弱，反倒是莫名其妙的意志堅定。

這些回憶已經愈來愈隱晦，如同夢境會在睡醒後變得模糊不清。至於哪一個吻是最後一個，無關緊要。

之二　快慰

戀人啊，看到你的沮喪與茫然無措，除了感同身受，竟然還隱藏了一股充滿罪惡的快慰。

我所仰慕的你，雖然擁有許多優點，卻不是堅強得讓人難以親近。你的脆弱無意間讓我有機會扮演起支持的角色，同時也降低了我對於自己的缺陷所產生的羞愧。

比起歡快的回憶，共同擁有的苦痛反倒使我們親暱。

但是，一想到世界上只有你懂得我是誰，還能體諒在我身上看到的特質，特別是內心那一團混亂與可恥。我就不禁懷疑，你的脆弱，是特別為我而理性保留的。

音樂錄影帶《陸橋》演出，

這是一首有關紀念的歌曲。

憂鬱現實主義

有一種微妙的快樂來自苦難。

不是苦盡甘來，也不是「加油，撐過去就是你的」。只要稍微寫實地分享自己的紀錄，就會讓人擔心，造成別人的困擾，或是被貼上負面、陰鬱的標籤。所以，訊息呈現的載體很重要，為了不造成困擾，在快快樂樂正能量的社群媒介上，我們是否該避免描述一些過於深刻的寫實經驗才好？

在某些時刻，苦難掀開了不願再被提起的往事，讓已經被抑制的恐懼經驗和羞恥感再次爆發，它刺激我們必須小心翼翼地去檢視內心深處，但同時，我們也因為能夠愈來愈接近真理而感到欣慰。

苦難中的快樂來自於我們能夠穿越表象，抵達最根本的問題。類似「憂鬱現實主義」，它讓我們能夠看清楚自己到底是一個怎麼樣的人。這個過程打破了我們自我安慰的合理說詞，也打破了我們自我感覺良好的敘事視野。

接著，我們會愈來愈清楚自己的責任與侷限，知道什麼事情從一開始就是我自由地選擇，包括讓自己陷入「沒有選擇」的境地；我們也知道哪些「非如此不可」的目標不見得是自己真正期待的，它或許只是別人的價值觀而已。

當我們被逼著靠近自己的真實樣貌時，同時也被逼著面對世界上許多無法盡如人意的事實。

苦難帶來的是「我終於知道我不知道」，讓人因此鬆一口氣的快樂。

誰說一定要先愛自己？

我其實不明白，為什麼愛人之前要先學會愛自己？捫心自問，面臨情感難關時，當朋友對我們說出：「愛人之前，要先學會愛自己。」我們實際上會怎麼詮釋呢？

我們也許會在社群上發一則動態：「你說得對，愛人之前要先學會愛自己，我要更愛自己，大爛人不該讓我失去對自己的愛！」殊不知，我們口中的大爛人同時也發了一則動態：「總有一天你會知道我是對的，因為愛人之前必須先學會愛自己。你要更愛自己，你值得更好的生活，我也是。」

看來，全世界都有自己對於「愛自己」的一套詮釋，差別只在於幽默程度的多寡。

十七世紀的神學家帕斯卡（Blaise Pascal）說，每個信徒都面臨一個兩難的抉擇，到底該相信一個沒有上帝的虛無世界，還是另一個機會渺茫的選擇，那就是上帝存在。雖然上帝不存在的機率比較大，但是帕斯卡辯稱我們還是有充分的理由信仰上帝，因為這渺小可能性所帶來的喜悅，遠勝過可能性較大的虛無。

在尼采宣告上帝已死一百年後的今天，依循同樣充分的理由，我們改信「愛自己」。

如同「浪漫愛情」的概念，過去的歷史長河之中並沒有「愛自己」這個信條，人類也不見得需要這樣的信仰才能過上好的生活。物質條件富足的人類總是能創造一些新的信念來追求，以及讓自己失望。

或許因為「浪漫愛情」早已令人失望，於是「愛自己」接下了為都市人賦予人生意義的重責大任。

如果隨便詢問十個路人「你覺得我們在愛人之前，必須先學會愛自己嗎？」或許會得到一致的認同。但是如果我們繼續追問：「你覺得什麼是愛自己？」則可能會得到五種不同版本的說明，以及另外五張不知所措的茫然面孔。

仔細思考之後，我不是很確定愛人之前，是不是真的必須先學會愛自己，儘管這是當今十分流行的概念，但這個說法同時暗示了「如果不愛自己，就無法愛人」的意義。

如果說「愛自己」指的是建立自我肯定。那問題來了，一個人的自我肯定又必須是建立在他人的存在之上，如同小說家斯湯達爾（Stendhal）

的說法——一個人可以獨立成就任何事情，除了性格之外。也就是說，我們對自己的認識，是根源於他人對自己的種種反應。

又或許，我們也可以反過來提出疑問：「不先去愛別人，怎麼學會愛自己？」

「對自我的愛」必然先於「對他人的愛」嗎？假如「愛」這個動詞是如愛他人一樣地指向自己，當我們說自己正在「愛」一個人和「愛」自己的時候，這兩種「愛」是相同的嗎？

在我的看法中，愛自己的愛，和愛他人的愛不完全相同，前者偏向「對自己的人生感到滿意」，後者則是「超越自我的欲望與追求」，畢竟我們不會在照鏡子時像是遇見心儀對象那樣地失控與渴望。然而若要對自己的人生感到滿意，其實很大程度上是取決於人際關係的和諧，也就是滿足愛與被愛的需求。也就是說，一個人如果要能愛自己，要能對自己的人生感到滿意，那他就必須被他人所愛。而被他人所愛的先決條件，則是對他人付出關愛。

真正能體會到「對自己的愛」的前提，是必須接受自己「對他人的愛」的需求，並且付諸行動去愛。從這個角度來看，一個人之所以不愛自己，對自己的人生感到不滿意，正是因為他沒有學會如何愛人。

除此之外，我們也應該思考，那些聲稱「學會愛自己之後就能走出傷痛」的人，和「經由時間認清現實而自然走出傷痛」的人真的有差別嗎？對自己的人生感到不滿意是否一定代表反常？難道一段人際關係的失敗非得要找個原因去歸咎，例如「因為我還沒學會愛自己」？

有些事情很可能只是人類生存的真實景況，不見得是問題。

／

老實說，每次真正能讓我好過一些的，是紮實地接受「不是什麼痛苦都一定有原因」，與其硬是去歸因於一個模糊不清的概念，不如承受真實世界所帶來的張力。

「先愛自己」還是「先愛人」不見得是關鍵，就算我不懂什麼是愛自己，我還是可以大方地先去愛你，如果你不愛我，大不了我承受，沒誰對誰錯，不需要找個原因去歸咎。但如果你也愛我，那我學會愛自己，也是剛好而已。

你相信人有靈魂嗎？

踏穩了。腳下是土壤，是白沙；迎面而來的是溫暖的海風，是浪花。關於自然、關於美的一切，之所以能浸透我們的生命，無非是因為我們同時擁有身體與心靈，美的體驗即是靈與肉缺一不可，相互依存結果。

小時候，傳統信仰與宗教故事讓我們直覺地相信在身體之內住了一個靈魂，我們只是透過自己的肉體與外界互動，最私密的領域則位於靈魂核心。現在，如果你問我，你相信人有靈魂嗎？我會說，當然有。只不過它存在的前提是必須和身體在一起，一旦脫離了身體，它就毫無意義可言。

長大之後，我意外踏入了表演的領域，它是探索身體與心靈的領域，同時也是追問意義與思辨的領域。就在人生的這個階段，我認為，靈與肉，內在與外在，思考與行動等等，是同一回事。

但是，你一定也聽過有人說世界上沒有人能真正懂他，或說自己的內心其實是怎麼樣，和外人看到的表象不同。對此，哲學家沙特的回應可能會是：「所有的人都只是自身行為的總和，除了當下呈現的個人生活，他什麼都不是」。沙特認為，只有已發生的現實才是可信，所有的期盼對人類來說都只是虛幻、無效且尚未兌現的東西。

一個人如果老是想著自己有一個從未對外展現的神祕內在，或是一直期盼有人能真正理解自己，那就是從負面的角度去定義自己。不斷想著如何解救躲藏在心靈深處的真實自我，而不是正面地回應自己透過身體所展現的東西。

當然，沙特的說法或許稍微極端了些，但確實給了我們一些啟發。我所想的是，過度地區分身體與心靈、內在與外在，帶給我們的實際好處並不多，反倒容易造成偏見與誤解。確實，在我們的生活中，有許多的經驗與感覺都相當主觀，但是這不代表他人對我們心靈的了解，或是對我們內在的了解，就一定比我們自己所知道的少。

有時候，當我需要演出一個與自己截然不同性格的角色時，才發現自己也有柔情悲憫的一面，或渴求毀滅的一面，甚至還有以憤怒表達自我厭惡的一面。更多時候，這些回饋並不是自我覺察而來，多半是由我的排練夥伴與我分享；而自己平時光是走路的姿態、翻書的頻率，都能讓身邊的另一半注意到我的憂慮或焦躁。這些身體上的訊號，早在自己心靈毫無意識的情況下，就讓他人精確地掌握了。

還想到一個有趣的例子：在一部偶像劇中，有個悟性不高的演員誤以為只要一股腦地催眠自己「我愛女主角」、「我好愛她」、「她是我生命中的唯一」等等，就能使自己的行動全然合乎角色的心境，於是他抱持這股濃烈的信念，打從內在相信自己已經深深地愛著對方，但是這樣的結果反而讓觀眾覺得古怪且失真。為什麼會這樣呢？這演員看起來是很真誠沒錯，但這股真誠的對象其實不是女主角，反倒是他愛上了他自己所創造的迷戀意圖，他與女主角之間根本沒有深切的連結。

在這樣的情境中，一個人從內在形成的觀點就不再準確，他無法掌握到自己的真實面向，反而從外在的觀點去檢視還比較可靠。

這個悟性不高的演員，其實就是八年前正在拍攝《你照亮我星球》的邱昊奇。若時光倒流，我想拍拍他因緊張而僵硬的肩膀，告訴他：「儘管你的內在想的是關於愛的意圖，但是你的身體，包括你的話語，散發的是自戀，你愛上的是你自我形塑的迷戀形象。而真正向外投射的愛是必須冒著很大的風險，你隨時會失去對方，也隨時會失去自我。你的一言一行會因為失去的風險而顯得有重量，也會因為負荷不了其重量而顯得荒誕」。

不過，從外在的觀點去檢視永遠可靠嗎？如果外貌指的是對外展現的廣泛行為與言語，那麼「以貌取人」的價值觀反而可能成為可靠的判斷標準嗎？

對此，我很欣賞英國一位學者巴吉尼（Julian Baggini）的觀點，他認為行動不只是表達出想法，行動本身就是想法的一環。意思是說，如果我們想要完整地描繪出自己的想法，就必須包含我們的行動。儘管你表面上看起來沒有說任何話或沒有任何動作，也是反映出你的漠然，或你決心不足的「不行動」。

在很多時刻，我們會透過自己的所作所為，來發現自己真正的想法，因為我們的身體、行動，就是想法的一環。例如我們總是在擁抱之後才感受到愛，在漠然之後才認識到自我厭惡，在失序的哀求之後才湧上深切的懊悔。

也就是說，當我們從外在去認識自己時，並非試圖剝開什麼外殼，挖掘內在神祕難解的面向。事實上，我們所顯現的行為、言語、姿態、表演，甚或所謂的「偽裝」，其實就準確地呈現了自己的真實面向。我們不能高估心靈，因為一個人的特性並不是完全取決於潛藏在心靈隱蔽處的幻想空間。

唯有破除身體與心靈，內在與外在，思考與行動等二分區別迷思，我們才有機會開始真正地照顧好自己吧！

獨白練習

我說再見的時候，眼睛從不看對方。

要不是在一次獨白的課程中，我把它拿出來分享，可能連我身旁最好的幾個朋友都不會發現吧，因為我隱藏得很好。

在我們家，出門是不打招呼的。從小到大，父親離開家之前並不會說「再見」或「我走囉」。取而代之的是一聲木門厚厚的閉合聲，接著是隔著木門的鐵門聲，哐啷。

老實說我沒有特別喜歡或不喜歡這件事，相當中立。

於是我長大後，也承繼了這份「不說再見」的道別方式。不過為了合乎社會規範，當個有禮貌的人，我也學會了再見的使用方法。只不過除了在戲劇演出中，也就是我認為自己在扮演別人的情況下，我能做得很好。在現實生活中，我說再見的時候眼睛從不看對方。

這件小事從去年開始變得困擾。在那一天，當我最後一次離開父親家的時候，就是用鐵門的哐啷聲向他道別。或許是我的身體為了壓抑憾恨，在未經過我本人的同意下，升起了一道道亢奮並且得意的激情，自我的裡面告訴我：「你可是用了他最擅長的方式和他道別，應該感到驕傲。」

這是件值得驕傲的事嗎？我為了該不該為這件事感到困擾而困擾。

日子與失去你之前差異不大，我依然一個人默默用餐，安靜地跑步，機械性地閱讀和抄寫筆記，無任何目的性。

時間在我周圍淡淡的，幾乎不留痕跡地過去。

隔著鐵門，我想像你兩眼聚集在虛空中的一點，我知道你的腦子裡正旺盛地在進行些什麼，因為那是你思考抽象性命題時所展示的眼睛。但是隔著鐵門，我什麼也看不到，而且有一種自己被留在後頭的心情。

哐啷。

遺體冷藏室——2019.11.6

恍恍惚惚，告別式進行得如何，對我來說都不重要了，現在我只對標示著「遺體冷藏室」的這一扇大門深感好奇。大門的後頭是什麼樣子呢？會像冰箱裡的蔬果和肉類一樣分類嗎？吃素的一邊，開葷的一邊？有錢的一邊，沒錢的一邊？好人與壞人分別會在上層還是下層，冷藏還是冷凍？

牆上怪誕的標示都是我第一次看到，這些物品和名稱在空洞的注視下，突然都分離了。名稱的存在，是讓我們用來認識物品，一旦它們分離之後，所有的一切都成了最初始的概念，分離讓一趟旅程回到了起點。

在我的想像中，人生終點與起點有一個共通點，那就是它們各自都與一段「永恆的不存在」相連。終點之後是永恆的不存在，而在起點之前亦同樣是。起點與終點之間，則是人類短暫的存在。

古羅馬的哲學家盧克萊修（Lucretius）認為我們不應該害怕死亡，因為除了我們死後將面臨永恆的不存在，在我們出生之前，也在一段無窮盡的時間裡不曾存在。他認為，既然沒有人會為自己出生之前的不存在感到懊惱，那我們對於死後的不存在感到懊惱，就是不合理。

爸，這個想法你認同嗎？

我不認同。因為，在我出生之前那段永恆的不存在，雖然沒有活著，卻也沒有「喪失」生命，因為那時候我根本沒有存活過，怎麼可能喪失一件從未擁有過的東西？

如果有機會的話，我會告訴盧克萊修，死亡糟透了，死亡之後的不存在當然比出生前的不存在還糟糕。出生之前的不存在不涉及喪失，但是死亡會帶來喪失，而喪失一切的感覺實在是糟透了。

死亡之前，你還擁有我，我也還擁有你。死亡之後，誰都沒了誰，誰都喪失了誰。

司儀來喊我了，他要我和你告別。

我讓他稍微等一下，因為我還有一件事必須告訴你。在我口袋裡，有你留下的紙條，除了我之外，沒有任何人看過。嚴格來說，是你來不及銷毀的紙條，內容不是寫給我，畢竟你走得突然，我完全能體諒一個人平常實在沒理由預設自己的死亡。

口袋裡的紙條，是你寫給滿是懊悔的自己。你提到「我以我的肉身向世界致歉，如果病況好轉，一定努力工作，回報冤親債主。」可想而知，在最後幾個日子裡，痛苦的折磨把你的精神和肉體都撕裂了。坦白說，真正讓我極度痛苦且難以承受的不是你的死去，而是你竟然沒能好好地活。你竟然到最後一刻都沒打算放過自己，讓自己好好地走過。

對我來說，死亡不可怕。我可以接受死亡，但無法接受一個人從未好好地活，更何況那個人是我至愛的家人。

我恨你不願意對自己好，也恨我自私的念頭。我認為，如果你讓自己好好地活，我就不會為自己所說過的話感到內疚。我曾向媽媽說過：「是他自己冥頑不靈，不要理他，他就會慢慢改變，改不了就算了。」誰知道你突然就走，真的是氣死我了。我恨我自己只能用憤怒來取代悲傷。

有人說，痛苦會讓我們與世界失去連繫，以前我不懂，是因為我不願意去懂，也可能是因為我怕自己懂了之後，就不能用同樣的方式與你抗衡。現在好了，你竟然用了一個最糟糕的方式，讓我懂了。

痛苦孤立你，也孤立我。墨黑色的巨河貫穿蒼白的客廳，使我們疏離。我想我明白了，痛苦的相反就是與世界緊密相連。無論透過什麼方式，我必須重新找到一個自己和世界和諧相處的連繫。

爸，你完成不了的那些功課，我來做。而且你太遜了，我一定會做得比你好。

告別式開始了，司儀放了一首日文歌，因為我說我不想聽佛經，很任性吧，誰叫現在我是一家之主。有趣的是，司儀怕我聽不懂日文，竟然還特別為我翻譯了幾句歌詞：「請不要在我墳前哭泣，我不在那裡，我並沒有死這回事。我已化身為千縷風，千縷風。」雖然我心裡想著：「可惡，到底是誰發明這麼煽情的歌呢？」但還是哭得淅瀝嘩啦。

爸，你有仔細想過「告別」是什麼意思嗎？是代表有人先抵達了某個地方，所以留下來的人只好向他揮揮手嗎？你有仔細想過「抵達」是什麼意思嗎？這兩個字聽起來像是在接受某種界定，當我們說一個人「抵達」了，意味著他將成為什麼，他將做什麼，他將要經受些什麼。

抵達的意思也可能是有重要的事必須被完成，但是我們沒有足夠的時間可以調整，就像你一樣，不得不抵達了。我也不得不對提前抵達的你告別。

老爸，我之所以給你辦了告別式，是因為你先抵達了某個地方，所以被留下來的我只好和你揮揮手嗎？你抵達了嗎？抵達了哪裡？不要騙我喔，我知道沒有死後的世界，也知道人類沒有靈魂，所有的思念不過是我的喃喃自語。

噢！司儀又來喊我了，這次他要我陪著你的遺體去火化區。老爸，我先忙，下次聊。

三十二歲的意義

三十二歲，祝我生日快樂。能活到今天，非常幸運。在十八世紀中，歐洲與美洲的預期壽命僅三十五歲，如果把資料放大到全球，則降低至二十九歲，這樣看來，我幾乎是完成了一輩子。

能像現在這樣，坐在咖啡廳思考「活到今天代表什麼？」就表示我同時擁有生命、健康、自由這三個讓幸福成立的基本條件。過去我從未意識到它們的存在，直到我愛的人失去了它們，我失去了我愛的人，才使我不得不從沉痛中驚醒。

能夠醒來，感覺是好的。

幸福是什麼？幸福應該是生活過得有意義吧。那什麼是「有意義」

呢？心理學家鮑梅斯特（Roy F. Baumeister）帶領團隊設計了一連串調查方法，試著找出是什麼東西讓人感到生命有意義。

他們發現，許多讓人感到快樂的活動也讓受測者感到生活有意義，包括與他人連結、覺得有收穫、不孤單、不無聊等。但也有一些項目雖然讓人開心，但是並不讓人感到有意義，甚至反而削弱了人生的意義。世界是由人組成的，認識的人愈多，心中對世界的輪廓就愈鮮明。有些人過得快樂，卻不一定感到有意義，儘管他們擁有健康、財富、多采多姿的生活。但是，對生活感到有意義的人卻不見得擁有這些。快樂的人活在當下，為生命賦予意義的人則更進一步去詮釋過去，想望未來。

快樂與幸福的正向心情確實是很重要的成分，但並非全部，它只是其中之一。更重要的是，人之所以為人，有別於其他生物，正是因為我們擁有心智能力。為了使自己的生活方式符合人類的天性，就必須善用人類的心智能力，努力地增長智慧。

人會為了讓生命歷程圓滿而做出短期不快樂的決定。例如父母從孩子身上找到意義，卻未必無時無刻都是快樂的；與朋友消磨時間很快樂，但如果能一起追尋與成長，則被賦予更多意義。

因此有的時候，我們會收起臉上的笑容，投入有意義的事，或是追尋做人處事的原則。我們之所以看重這些事情，不是因為它讓我們感到快樂或輕鬆自在，而是讓我們認為——成為某種人或是過著某種生活，是有價值的。

壓力、挑戰、掙扎不讓人快樂，卻有機會帶來意義。就如米蘭．昆德拉所說：「人類一思考，上帝就笑了。」

僅存的一張，

一家四口的合照。

代後記——

我是別人，你是昊奇

林可喬／幸星娛樂負責人、邱昊奇經紀人

我其實不是出於自願當他的經紀人的……

一開始，昊奇是我在瞿導的公司負責帶的藝人，是我在這家公司的任務。我可以單純地執行公司對他的規畫，公私分明，但是我沒有。相處愈久，我開始好奇，這個人除了別人派給他的工作，他的腦袋裡似乎還有什麼正在運作……

那時網路廣告盛行，他拍了多部有關十二星座的系列影片，偶爾去現場看他拍攝，發現演出怎麼跟我之前收到的腳本不一樣，正想詢問工作人員是否沒有提前通知，才看見一張張手寫的劇本，原來在客戶的同意下，真正拍攝的內容已換成他和導演即興的創作。

他對工作常有很多想法，剛開始我不太習慣，我覺得藝人如果能乖乖聽話，不要有太多想法，比較不會造成團隊困擾，大家也會更喜歡。但我發現我錯了，他的想法常帶給團隊更多刺激，效果也因此加乘，於是我也開始放心讓他表達更多的自己。只是早期稚嫩的他在表達時，難免不經意地忽略了別人的感受，因此在發展過程中，一定有被不了解他的人貼過所謂「做自己」的標籤。

於是我花了不短的一段時間，偶爾當他的翻譯，讓別人聽得懂他的本意。在某一天我突然發現，他在做自己的同時也找到了讓別人舒服的相處模式，甚至帶著正努力做自己的朋友開始看見別人。

如果不能讓他做自己，那大概會是一種損失吧！所以我決定做別人，讓這樣的他可以繼續好奇。

後來，在這本書中，我們看到的不只是昊奇，更有自己。

沒有別人，怎麼做自己？
在改變之前，我們都是表演者

作者 / 邱昊奇
彩頁攝影 / 林可喬（1.4）、陳映如（6.9.11）、邱柏昶（10）

資深編輯 / 陳嬿守
美術設計 / 兒日設計
內頁排版 / 連紫吟、曹任華
行銷企劃 / 鍾曼靈
出版一部總編輯暨總監 / 王明雪

發行人 / 王榮文
出版發行 / 遠流出版事業股份有限公司
100 台北市南昌路2段81號6樓
電話 / (02)2392-6899　傳真 / (02)2392-6658　郵撥 / 0189456-1
著作權顧問 / 蕭雄淋律師

2020年10月1日 初版一刷
定價 / 新台幣350元 (缺頁或破損的書，請寄回更換)

ISBN 978-957-32-8876-3

遠流博識網　http://www.ylib.com.tw　E-mail: ylib@ylib.com
遠流粉絲團 https://www.facebook.com/ylibfans

國家圖書館出版品預行編目（CIP）資料

沒有別人，怎麼做自己？：在改變之前，我們都是表演者 / 邱昊奇著. -- 初版. -- 臺北市 : 遠流, 2020.10
面；　公分.
ISBN 978-957-32-8876-3(平裝)

863.55　　109013624